sem fim

hugo casarini

fotografias de
andré penteado

prefácio

maria rita kehl

A arte é um subproduto da infelicidade

Todas as famílias felizes se parecem,
mas as infelizes são infelizes
cada uma a sua maneira

Leon Tolstói

A célebre frase com que Tolstói abre seu romance mais famoso pode ser desdobrada em algumas especulações sobre o que move um artista a criar. Não é absurdo supor que alguns talentos se desenvolvam a partir de um sentido de urgência em elaborar as dores da vida. Não são poucos os sujeitos cuja arte – na escrita, na música, nas artes plásticas — tenha sido impulsionada pela necessidade de suportar e assimilar as catástrofes que marcam sua existência. A história das artes é cheia de casos assim: a surdez de Beethoven, o distúrbio psíquico de Van Gogh, o aparente retardo mental de Flaubert (cuja autobiografia se chama *L'idiot de la famille*), a "esquisitice" de Clarice Lispector — entre tantos outros. O conceito freudiano de *sublimação*, que na origem designava o trabalho psíquico de desviar o impulso sexual, do objeto interditado em direção a fontes não sexuais de satisfação, pode ser aplicado para se compreender a origem do que chamamos de *talento.* É claro que existem sofredores não talentosos, assim como existem grandes artistas cheios de alegria, como Picasso. Só que, mesmo entre os felizes, a urgência de criar se combina com a necessidade de lidar com a dor. Deve haver exceções. Jorge Amado, talvez. Gilberto Gil...

Essas considerações foram despertadas a partir da leitura deste livro de Hugo Casarini. Talvez porque o sofrimento desperte a necessidade de escrever, o dito *talento.*

Ninguém escolhe a família em que vem a nascer. Um dos sentidos do trágico se manifesta nessa fatalidade da qual nenhum humano escapa. Origem, filiação, laços de afetos e ódios entre pessoas próximas demais — são elementos que, desde o nascimento, determinam nossas vidas. Hugo Casarini escreve esta autoficção como quem quer elaborar a incompreensível esquisitice das pessoas que deveriam se querer bem, mas se detestam. O autor elabora e ao mesmo tempo denuncia a indiferença de uma mãe incapaz de amar, a violência de um pai que reprime e proíbe qualquer expressão espontânea do filho homossexual, qualquer gesto terno que o menino possa lhe dirigir. Um pai que, a pretexto de educar, expõe os filhos a sua própria violência, física e verbal.

Esta talvez seja a face mais dramática do desamparo humano: nascemos e crescemos à mercê de pais e mães que utilizam do poder que possuem sobre crianças indefesas das formas mais bizarras, cruéis, malucas. Nem sempre por maldade: às vezes, por conta das próprias mágoas, com as quais eles também não sabem lidar. Outros, descontam inconscientemente nos filhos suas próprias frustrações.

A escrita, para os sobreviventes das famílias infelizes, faz função da frágil jangada onde se agarra o náufrago em alto-mar. Se tiver sorte, as correntezas vão depositá-lo num porto, numa ilha. Na escrita e na vida, Hugo Casarini procura seu porto nas amizades e, sobretudo, no amor. Este que, como declarou Oscar Wilde no século vinte — e agora, com o espectro da intolerância que volta a crescer no país — "não ousa(ria) dizer seu nome".

Para Célio, Suely e Andrea,
o tripé que me mantém em equilíbrio
à beira do abismo

guerreiros com guerreiros
fazem zig zig zá

quase prólogo

eu, de mim e por mim, não sei por que resolvi contar isto. tem gente que, para eles, é assim. o começo não anda. não é aquela linda aquarela de possibilidades infinitas nas quais escorregar, se lambuzar, afundar e emergir rajado em cores tais que venham a mostrar quem se é.

tem gente que sim. já ouvi falar e até já as vi por aí, essas pessoas felizes com o rebento.

eu tenho medo. eu sou do medo.

o que é isso vindo lá de trás, lá da frente, lá de baixo, lá de cima? como vai bater em mim? — vai bater em mim? — como vai passar por mim? como vai se aninhar em mim? — vai se aninhar em mim? e, mais, muito mais — *pavor* — como vai se apartar de mim, se eu deixar se juntar a mim?

tem gente que não liga, não. eu mesmo gosto de me descrever assim. ah, tão bonito viver aquilo que nos é dado... e se não volta nunca mais?

e quando a gente vê que era melhor nunca ter vindo, de modo que, deleite puro, nunca voltasse, pois que nunca sairia?

mas aí vêm as bonitezas.

a gente para. e inspira. é dito: assim, a vida entra. e expira. é dito: assim, a vida movimenta. não que ela saia. é engraçado nosso joguinho pobre de palavras quando deve expressar o medo. quando a vida sai, ainda não se pode falar, assim, na boniteza. mas já disseram valer a pena, porque faz parte de todo o resto. que é amar e é sofrer — e isso é circular. só escapa quem quer muito, e parece ser quase ninguém.

eu mesmo, gasto um tempo louco me livrando dos milhares que estão unidos a mim nas tais redes virtuais e nunquinha vi ninguém desesperado querendo escapar dessa roda. parece que o frio na barriga vicia mais do que qualquer substância química com que podemos nos anestesiar ou até mesmo simular o gozo, a mais viciante das drogas.

esse meu gosto estranho por escrever como se fosse um iliterato, como os milhões espalhados por pindorama escrevem, sem maiusculizar nada, quase que carolíngios. olho e acho equilibrado, sem hierarquia, uma bobagem absolutamente ilógica, mas que me deixa feliz. fim da desigualdade social de um país em um pedaço de papel ou em uma tela a serem lidos por poucos.

parece inventado, mesmo sabendo que não. e fica mais fácil de rebentar. o começo, mesmo quando inócuo, acaba vindo. não dá aquela emoção de andar de bicicleta sem ninguém segurando pela primeira vez. e quando se cai, também não é uma ferida, assim, de sangue e ardor. é talvez a mesma ferida já existente quando estava tudo parado. e a ardência parada depois do movimento é até mais branda do que a ardência parada só. a inércia dói mais. *dói mais teu silêncio que tua agressão.*

é de quando a gente não existe.

de quando a gente não quer existir, querendo.

uns processos loucos por nós inventados para afastar o que a gente quer perto, para aproximar o que a gente quer na distância. a gente abraça o que nos vai matar, e suspende.

suspende o outro, suspende a respiração, aperta a própria coluna, aperta o coração. de lá e de cá. mas para que isso mesmo? para que perder o fôlego? para que perder a visão? para que perder o rumo? para que perder o tino? e ficar voltando, reafirmando, reconstituindo, remodelando, reinventando, regurgitando, redigerindo, indo, indo, ando, ando. para quê?

1

samba lelê tá doente
tá com a cabeça quebrada

o rapaz caminhava lento, atravessando o vasto saguão de exposição de mercadorias do pai, quando sentiu algo quente escorrer pelas suas pernas. entre envergonhado e com medo, parou por um segundo, sem saber se apressava o passo e ia até a casa ou se voltava ao banheiro da empresa, correndo o risco da chacota e da falsa misericórdia dos funcionários. arriscou, como era de sua natureza, a segunda opção: se alguém lhe dirigisse a palavra ou o olhar, enfrentaria com rispidez e arrogância, qualidades que não eram bem suas, mas que aprendera a manejar com destreza em função das humilhações caseiras. eram seu único expurgo.

já dentro do cubículo, abriu o botão, desceu o zíper das calças e as foi deixando cair devagar, sentindo a viscosidade e a ausência completa de cheiro de merda, a cabeça rodando. seria então um delírio? pegou um pedaço de papel e enfiou na coxa magra, fazendo um vagaroso movimento de baixo para cima, até chegar ao escroto. ergueu a mão e, para seu espanto, a cor vermelha encharcara a áspera folha de segunda categoria (um dos motivos de a família sempre preferir usar os banheiros de casa e não os da empresa). ficou por um momento estático, num misto de raiva e pena de si e dos outros que por ele deveriam zelar. os outros todos, de antes e de agora.

em um átimo, foi tomado por um sentimento irascível e saiu do banheiro aos gritos, com as calças arriadas, o papel nas mãos, quase em transe, rumo à mesa onde se sentavam a irmã e alguns clientes (ou gente desocupada, que por lá sempre passava só para tomar café de graça e ocupar o tempo da vida mesquinha de cidade pequena no meio do nada). berrando se era aquilo que eles queriam. a prova física externa da sua dor. toma!, bradou, jogando o papel sem ver onde ele caía. Apressou o passo trôpego em direção à rua, recolhendo as calças e um resto de dignidade, absolutamente transtornado e com medo. Deixou para trás a irmã constrangida e os clientes arrependidos de terem decidido matar tempo naquela manhã justo naquele local.

pensava em como terminara ali, com apenas vinte e cinco anos, o aniversário de vinte e seis na semana seguinte, depois de tanto sonhar, amores e espelhamentos; tantos confrontos, espancamentos e solidões, afrontas e perseguições; tudo para se esvair em sangue incontrolável pelo mais abjeto dos orifícios humanos. humilhava-se mais uma vez, e agora quem o traía era seu próprio corpo. a ameaça interna da autodestruição não era mais da ordem abstrata. mas deu um sorriso pensando que também não era concreta, era líquida. ironiazinha barata de que ele sempre era capaz, ao se ver sem saída.

atravessou o calçamento de pedra, cruzando o *pseudoimpério* familiar. tocou o interfone de casa e subiu a escada de granito aos prantos, um turbilhão mental, talvez agora já não houvesse mais volta, e ele tivesse sido vencido pelo desprezo a que foi submetido desde os meados da infância, 7 ou 8 anos, coisa que nunca entendeu muito bem. enquanto trocava de roupa no quarto que não era mais seu, a mesma questão o perseguia: como terminara ali? o interfone soou novamente, era a irmã; ele trancou a porta, não queria falar com ninguém, nem com ela, a princípio quem mais o entendia e, talvez, o amasse. batidas, pedidos, ameaças. juntaram-se à irmã as duas empregadas, *b* e *f*, um palavrório sem fim, às vezes entre elas, às vezes dirigido a ele. (cadê aquela cartela de lexotan?) havia roubado na casa da tia da amiga antiga, *s*, quando pediu por um copo d'água e ela saiu da sala para buscar. (eu sei, a escondi por aqui); *se na bagunça do seu coração, meu sangue errou de veia e se perdeu*. abre e fecha gavetas, portas de armário, escrivaninha, encontra. a insistência feminina lá fora vai se espaçando, ele engole dois a dois os comprimidos, até terminar a cartela. deita em posição fetal. sente o corpo aquecido e relaxado, e as vozes vão sumindo, talvez por elas se distanciarem, ou talvez ele. as pálpebras fecham e vem o seu dormir, talvez sonhar.

***

o deputado *nm*, seu lacaio *j*, travestido de engenheiro, e a irmã entretinham-se há alguns minutos; encenavam uma suposta compra de um novo carro – para deixar na fazenda, aquela que um dia pertencera ao clã familiar – e ela realmente se empenhava no jogo de sedução, ansiosa por mais dinheiro e aprovação paterna (além da sede de vitória sobre o irmão mais velho, claro).

tudo na vida dali circulava em torno das aparências. e a força motriz das relações era nada mais do que uma refinada, e por vezes indisfarçada, hipocrisia. falavam de amenidades como festas, comida, acessórios de veículos e coisas tais. o deputado flertava com a irmã, que, esperta, retribuía – talvez aquela arma a fizesse sobrepujar o irmão mais velho: afinal, ele não a possuía. o lacaio fingia não ver nada.

seguiam as frivolidades, e o irmão mais novo cruzou o estreito espaço entre a mesa e um dos carros de luxo ao fundo, rumo ao escritório que ficava ao fundo do imóvel acinzentado. ela não o entendia bem, o que não a impedia de nutrir por ele profunda ternura; porém, não a ponto de se indispor com o pai por sua causa. percebeu como ele estava magro, e cruzaram sua mente momentos felizes no pouco passado que eles tinham, os sonhos compartilhados, as dores também. questionou-se se era mesmo o fim dele que se aproximava, mas continuou devota a convencer o deputado da sua necessidade de um carro que acabara de ser lançado. o pai e a mãe tinham viajado para a roça iluminada e seria uma tacada de mestre se ela conseguisse levar a cabo a negociação na ausência deles. o irmão mais velho, como se dava muitas vezes durante o afastamento dos pais, devia estar largado em algum bar ou em casa enfiando pó pelo nariz e fumaças as mais diversas pela boca, tudo arrematado com grandes goles de uísque barato. ela tinha de ser um pouco mais rápida, antes que ele voltasse e estragasse tudo.

entremeio a risadas e propostas (in)decorosas, ouve-se o bater de uma porta e a aproximação do irmão mais novo, com as calças pelos joelhos, gritando algo que ainda não se entendia e com um chumaço de papel higiênico nas mãos (ela já tinha dito a ele para não usar aquele banheiro); chegou mais perto e: era isso que vocês queriam? a prova física da desmesura do meu corpo? toma!, arremessando em direção à mesa um papel embolado de cor vermelho-amarronzada, sem nenhum cheiro característico.

ele sumiu rua afora, subindo as calças. ela (que ódio) teve de pedir licença aos dois homens, os quais já estavam de pé inventando um compromisso inadiável, mas claro, voltaremos, obrigados pelos cafés, é sempre um prazer a companhia de moça tão encantadora, bláblábla, tchau. cadê as crianças?, ela bradou. deve ter tido um lapso de memória, era manhã e seus três filhos estavam na escola. pegou com pressa sua bolsa, ordenou que alguém recolhesse aquela sujeira e seguiu os passos do irmão, que só podiam tê-lo levado à casa dos pais.

toca o interfone sem parar, uma das empregadas acode, ela sobe para o segundo andar, seguida pelas duas funcionárias negras, o de praxe. chegam à porta do quarto e batem. sem resposta. batem de novo. não vou abrir, me deixem, diz uma voz potente, mas claramente misturada a um choro. o que a gente faz? eu não sei, ele entrou na empresa enquanto eu falava com o deputado *nm*, foi ao banheiro, saiu aos berros perguntando se era aquilo que a gente queria e jogou pra cima da gente um papel higiênico todo sujo de sangue – deve ser daquelas feridas que ele tem nas pernas, só pode. só não entendi bem a razão das calças abaixadas, mas ele não anda batendo bem mesmo da cabeça. vamos deixar como está, na hora do almoço a gente tenta tirá-lo daí.

2

embora enjoativo, o cheiro de tutti-frutti que pairava pelo ônibus interestadual trazia uma reconfortante sensação de liberdade. o rapaz era tragado pelas curvas acentuadas feitas pelo coletivo, e junto a elas iam e vinham memórias e anseios, o que foi e o que virá entrevistos a partir da frágil linha do que estava sendo. havia deixado para trás mais uma vez a sua cidadezinha natal e rumava à cidade grande. contava agora com vinte e seis anos e um dia, quase a metade disso vivida só, longe da família e sob um incontrolável medo de fazer amigos, característica meticulosamente talhada nele e nos irmãos pelos pais.

graças ao dinheiro ganho pelos progenitores, sua casa era uma eterna ladainha sobre quem se interessava pela prole, um bando de vagabundos que apenas queriam desfrutar dos bens que a família possuía, um mantra incessante cujo objetivo perverso só podia ser o autorreconhecimento por meio da destruição completa da autoestima dos filhos (e de quem mais tivesse o azar de criar com eles algum vínculo financeiro).

seu estado natal ia chegando ao fim e o rapaz sentia uma certa tensão se desfazendo, ainda que restasse no fundo dele um alerta aceso no dia do sangramento, bombeando rapidamente por seu corpo, no meio do dia ou da noite, sem aviso, toda a carga disponível de adrenalina.

tinha uma consciência um tanto vaga do perigo a correr e preferia assim. assustava-o ter sido testemunha de ex-amores e amigos que souberam sobre sua morte com antecedência e que, por isso, decidiram encurtar o seu caminho até ela. _

melhor estar ali, no leve balanço das curvas, a mente fazendo planos, as amigas o esperando, um leve sorriso nos lábios carregados pela carcaça se deteriorando.

a volta à cidade grande o enchia de desejos e esperanças. rever amigos, revisitar lugares, cheiros, luzes. e estava certo de que ali ele se cercaria de amor, do mais profundo ao mais ligeiro. sempre fora assim, não havia por que ser diferente agora.

ele sabia, bem lá no fundo, não haver como escapar mais de todas aquelas sensações novas que o haviam dominado pouco a pouco, no último ano. o frio constante, alguma tremedeira, a pele quente, cabelos raleando, bolhas na pele. isso tudo se somava, se amalgamava em tristeza profunda, mas ele teimava em afastar a leve sombra do fim, enquanto mirabolava seus planos. os outdoors e as luzes da cidade só vinham confirmar tudo isso. carros, motos, buzinas, sinais de tráfego, um executivo em sua pressa, as famílias esparramadas pelo chão da avenida dura e sem destino.

preferia tentar não ver. seguir. arriscar. responsável por si e seus arredores. o ônibus estacionou.

a cidade grande, seus metrôs e coletivos lotados e poluentes. as pessoas apertadas, quase esmagadas dentro deles, mas ainda assim o riso largo, o flerte, ou mesmo a desavença entre alguns, numa época ainda sem celular, em que éramos mais humanos. meados dos anos 90 e um país em suposta retomada econômica, dirigido por um presidente indiferente à sua própria obra anterior.

a melhor amiga, *v*, abriu a porta da sala com um grande sorriso, desfeito sem disfarce num segundo. ele ficou na dúvida se tinha mesmo chegado a ver as boas-

-vindas, ou se tinha sido delírio seu. o abraço, as cortesias regadas a mentira, a velha sala onde ele tantas vezes dormira, o sofá-cama, puf, chegou. *o deus que mora na proximidade do haver avencas – esse deus das avencas – é a luz saindo pelos olhos de minha amiguinha linda*.

a cachorra insuportável ainda era a rainha do pedaço, com seus indefectíveis lacinhos rosa reafirmando uma feminilidade que a dona falhava em ter. seres humanos e suas transferências – ele mesmo amaria ter um bicho pra chamar de seu. vou ao banheiro, tá? imagina, você é de casa. um olhar alheio de cima abaixo quase o impediu de ir. a cachorra detestável o seguiu até a porta. a melhor amiga a chamou e rumaram para a cozinha; ela ia ganhar um ossinho.

algo se quebrara ali. o apartamento permanecia o mesmo, o *seu* sofá-cama na sala, os porta-retratos revelando ainda um pouco da cafonice da origem familiar, os CDs ordenados de acordo com o estilo musical, que aos poucos iam perdendo as raízes brasileiras e dando lugar à música eletrônica da cena clubber que a mais nova namorada de *v* trouxe consigo... ele sentiu a tensão clara na recepção e na primeira conversa com a melhor amiga. preferiu acreditar que fosse algum reflexo do novo namoro dela e saiu do banheiro com energia renovada, pronto para restabelecer os fortes laços que haviam sido cortados três anos atrás, quando ele viajou para a ilha velha. ela havia de ajudar na sua procura por emprego, emprestaria o carro como sempre fez, iria junto até, logo tudo se arranjaria, quem sabe até ele poderia ficar com o quarto da irmã gêmea que tinha se mudado para a bela *cidade entre morro e mar*?

***

v ficou chocada com a figura que surgiu por detrás da porta. sim, o rapaz tinha comentado com ela não estar se sentindo muito bem nos últimos tempos, precisava ir até a cidade grande para ver um médico... mas, depois de três anos longe, ainda guardava a imagem bela, para ela tão familiar.

ele nunca fora uma presença que não se notasse. para o bem e para o mal. nem ela. quantas vezes eles provocaram juntos olhares desejosos e, também juntos, em uma cumplicidade adolescente, desprezaram os seus e as suas pretendentes. surgia naqueles momentos um prazer sádico, um certo tipo de revanche pelos maus momentos da puberdade em que foram tão rejeitados.

ela tinha mais jeito do que ele, que parecia um trator de maledicências, um rolo compressor que esmagava todos os pobres incautos que se deixavam correr o risco de se colocar à sua disposição (e não eram poucos). o rapaz deixava vir à tona todo o seu amargor e deboche, *falando alto coisas cruéis.*

v não sabia bem ao certo se admirava ou detestava isso nele, nem tinha tempo de refletir, tal a voracidade com que ele se entregava a tudo, a ela inclusive.

a farpa na língua do rapaz não poupava ninguém. era algo residente entre o sarcasmo e a tristeza, ele não conseguia se ver próximo a alguém e ainda estar a salvo, disso vinha aquela metralhadora aberta em direção a tudo ameaçador. e ele parecia crer que esse tudo era tudo mesmo. *v* passara por algumas situações difíceis com ele, mas também já se divertira muito. melhor era acreditar que o mundo assim fosse, e rir, e chorar, e aproveitar aquilo chamado de vida.

ela sentia amá-lo. ele entrara de supetão em sua vida e parecia ser para ficar (porém nada era). mas refletiu, naquelas 24 horas desde a sua chegada – com suas chagas na pele, cabelo ralo, a tosse contínua e macilento –, e decidiu, sem medir as consequências daquilo, ser melhor não tê-lo por ali. não sabia se teria condições de acompanhar aquele espetáculo grotesco. no cinema era outra coisa. nos filmes adocicados como *filadélfia*, o lucro formado em cima de uma epidemia tão grave e arrasadora. tinha de falar com ele.

***

preciso te falar uma coisa: minha mãe ligou ontem e está vindo me visitar amanhã. fica uma semana, pelo menos. você não vai poder mais ficar aqui.

você ligou pra mim! não tô em casa agora. deixa aí seu recado e te ligo de volta.

ah, querido, eu queria muito, seria até bom pra mim, mas aqui em casa a coisa anda complicada... todo dia a gente briga, é foda. eu nem sei se desta vez a gente não vai terminar se separando de vez... fica pra uma outra, viu?

esta é a secretária eletrônica da nossa casa. por favor, deixe uma mensagem e retornaremos o contato.

infelizmente não vai dar...

você me pegou bem no meio de uma reforma complicada...

bip!

não.

3

a estrada enlameada. a caminhonete dançava para cá e para lá, e o garoto, de pé, se divertia com as freadas bruscas do pai, testando sua agilidade para proteger a cabeça contra o vidro. a mãe calada. de repente uma freada brusca demais, a cabeça no vidro, o sangue no vidro, o pano no vidro, o pano na cabeça do garoto, a risada do pai — aquele menino não saíra mesmo a ele. A visita aos compadres tinha de ser cancelada, a mãe calada. de volta à cidade. hospital. cinco pontos. florzinha, deve ter pensado o pai.

a ponte suspensa. um dos momentos de maior alegria na vida da família, pois do outro lado ficavam a usina e todas as cachoeiras e poças d'água símbolos da alegria do verão. o irmão e a irmã já estavam do outro lado; o pai estava bem no meio da ponte, a qual balançava de um lado para o outro com suas tábuas um tanto rotas e suas cordas remendadas. a mãe e o garoto ainda do lado do começo. o pai: solta ele. ele vem comigo desta vez. a mãe calada. solta. vem, pode vir, eu tô aqui te esperando, vou te esperar até você chegar e vamos juntos descer escorregando a pedrona. o garoto hesitava, mas ia pouco a pouco, tábua por tábua. *o amor não é mais do que o ato de a gente ficar no ar, antes de mergulhar.* ele não conhecia essa música ainda e, se conhecesse, não faria também o menor sentido. mais uma tábua, o pai muito perto. uma tábua tinha caído. espera aí, vou te buscar. o pai chega e pega o menino no colo: isso aí, é assim que se faz. quer pular? os olhos do menino se acendem. lá vão eles. a mãe calada. não gostava nada daquilo, mas adiantava falar com o pai? lá embaixo, no rio, o menino segurava o pescoço do pai por trás e a felicidade em torno dele era algo totalmente palpável. ah, os anos 70.

a quase infância do garoto alternava sistematicamente entre momentos de extrema alegria e profunda tristeza. de tédio não se morria. a primeira lembrança de uma surra era pública, no posto de gasolina, macacãozinho azul pronto para a escola. a história começara antes, com o irmão mais velho sussurrando ao ouvido do garoto que, quando a empregada fosse dar banho nele para ir à escola, ele que esfregasse o seu bilau na perna dela que ela ia achar muito engraçado. o banho diário do sinhozinho teria naquele dia um sabor diferente. talvez nem tão diferente do que acontecia na relação senhores e subordinados no país desde a sua fundação.

a empregada, a qual tinha o garoto como um filho, ficou assustada, passou um pito em *h* e disse para ele nunca mais repetir aquilo. ele ficou sem entender a reação, era para ter sido algo engraçado...

foi para a mesa, onde todos deviam sempre fazer as refeições juntos, mas ninguém interagia. comeu, o pai se levantou liberando para que houvesse outros movimentos na mesa, e o menino foi escovar os dentes. a mãe o levaria de carro à escola. tudo pronto, mochilas nas costas, merendeira na mão, desce as escadas para encontrar a mãe no posto de gasolina em frente à casa, tudo sob o comando da empregada. é quando ouve o assovio. o pai tinha um assovio interruptor do tempo. era mágico. era mágico ruim, mas era mágico. tudo se congelava. do outro lado da rua ele veio andando com seu andar levemente manco e extremamente lento. chegou perto do garoto, abriu a mão e a desceu sobre a sua cara com uma violência tal que um fiozinho de sangue escorreu pelo canto da sua boca. o garoto, sem entender nada, molhou toda a roupa. a mãe calada. o pai: vai tomar outro banho, sozinho, e trocar de roupa. hoje não vai para a escola. enquanto atravessava a rua para cumprir a ordem, o garoto viu, com o canto dos olhos, o irmão mais velho dobrando-se de rir na entrada da loja.

mas também havia as idas à *fazenda* do avô materno nos fins de semana. a fazenda era, na verdade, um pequeno pedaço de terra, usado para agricultura de subsistência e vendia-se o que acaso sobrasse da colheita. ir para lá era sempre uma festa. a família da mãe contava com 23 irmãos, daí se pode imaginar a quantidade de primos para traquinagens nos seus encontros. ao mesmo tempo, era uma espécie de volta ao século 19. não havia luz elétrica, água encanada, sistema de esgoto. a água era função das crianças, que desciam com baldes até um riachinho onde havia uma bomba hidráulica chamada *carneiro*, onde se enchiam os vários recipientes, e depois as crianças os levavam até a cozinha, onde ficavam reunidas as mulheres e davam destino à água recém-chegada. os banhos eram em bacias. o fogão era a lenha, e abastecê-lo era impreterivelmente função masculina. o banheiro ficava fora da casa e nada mais era do que um buraco no chão, tampado por tábuas desiguais e com um orifício no centro. o garoto sempre teve pavor daquele cubículo e tentava fazer suas necessidades escondido no mato, assombrado pelos pesadelos costumeiros que tinha do chão se rompendo e ele despencando nos dejetos de toda a família expandida. havia, logo atrás da casa também uma horta, que era cuidada com esmero por toda a parentada. fora ali que, certa vez, a irmã do garoto flagrara o pai com os olhos embargados, perdidos no horizonte, e perguntou por que ele estava daquele jeito... *olhando aqui os pés de couve, viçosos, fortes, me lembrei de h e de tudo o que eu desejava que ele pudesse vir a ser.*

no meio de todos esses cambalachos componentes do reino encantado da fazenda, havia também a fábrica de rapadura. lá, as mulheres passavam horas a fio mexendo, com colheres enormes, tachos que continham uma mistura feita a partir da cana-de-açúcar e que, magicamente, resultaria no saboroso doce. ali, reinavam as mulheres, assim como nas plantações reinavam os homens. as crianças simplesmente existiam felizes nessa espécie de sítio do pica-pau amarelo sem literatura.

à noite, todos se reuniam em volta do lampião de gás e, na maior parte das vezes, contavam-se histórias de assombração, as crianças com olhos estatelados de medo e ao mesmo tempo fascinadas pelo que de invisível o mundo tinha e que podia espreitar todos eles ao apagar do lampião. o garoto era feliz ali, entre mangueiras, canas-de-açúcar, gabirobas, guerras de mamona e, mais do que tudo, no colo oferecido pelo avô materno, um homem extremamente rude na lida com a vida, mas que parecia perceber o quanto aquele neto precisava de uma atenção maior. e ele a dava sem medida. *por mais que haja dor e agonia, por mais que haja treva sombria, existe uma luz que é uma guia, fincada no azul da amplidão.*

***

ele levava o nome do avô. o pai de seu pai morrera de câncer metastático apenas duas semanas antes de seu nascimento e as últimas palavras que ouvira foram: vai ser homem. e vai ter seu nome. o patriarca da família morria cedo, vítima de um câncer com cujo tratamento ninguém da família de imigrantes pobres podia arcar. morreu em casa, como muitos naqueles tempos. e no pai do garoto algo se quebrava naquilo que vinha antes dele, por o seu pai não poder ter o apoio almejado na prole que gerara.

o pai não conseguia entender como diabos aquele menino foi sair tão frágil, tão delicado, tão... deixa pra lá. às vezes sentia uma raiva muito grande e descontava no garoto, como certa vez numa brincadeira de acelera e freia numa estrada de terra, com chuva. qualquer pai com o mínimo de cuidado sentaria a criança e, quiçá, passaria o cinto de segurança; a situação era de perigo.

mas não: ele tinha asco daquela voz fina, asco da mania de ficar desenhando, lendo e colorindo livros quase o dia todo, quase sempre com discos insuportáveis girando na vitrola, asco do choro à noite porque estava com medo do escuro, asco de... freada mais forte! o sangue escorrendo, pela testa, aquilo sim era coisa de homem. mas vinha o chorinho afetado, meu deus, aquele inferno não acabava nunca. a mulher ainda o segurava no colo, estancava o sangue, o sacodia a caminho do hospital; ela o estragava. era ela. por ele ficava a cicatriz. ficaram cinco pontos cosendo a ferida.

domingo de sol. todos para a caminhonete, dia de usina. a usina era um local de extração de areia na cidade ao lado, mas aos domingos ficava vazia e cheia de cachoeiras e pequenas piscinas de água natural, para a diversão das famílias menos abastadas da cidadezinha natal. os carros conseguiam chegar só até um certo ponto, e depois havia uma ponte suspensa em condições bem ruins para chegar à margem do rio onde se concentrava a diversão. os mais velhos já tinham atravessado e a mãe vinha com o garoto mais atrás.

subitamente o pai sentiu uma ternura profunda por aquele pequeno ser e decidiu que o levaria consigo (além de aproveitar para dar a ele uma aulinha de hombridade no trajeto até a outra margem). disse à mulher que deixasse o garoto solto, pois seria ele que o levaria. e assim o fez, com calma, passando segurança e talvez até um pouco de amor no olhar a cada vez que pedia que ele chegasse mais perto. no momento mais difícil, em que faltava uma tábua, foi até ele, o pegou no colo, chegou a imaginar que o beijava. concordaram que dariam juntos o voo até o rio e nadariam até a outra margem. o garoto explodia de felicidade. seu pai o amava.

o almoço durante a semana era sempre pontual, às 11h. ninguém se colocava à mesa antes de o pai se sentar à cabeceira. e nem demorava mais do que dois minutos depois de ele o ter feito. a escola do garoto começava um pouco mais cedo, cerca de uma hora antes dos mais velhos, que já iam sozinhos para as aulas. o pai terminou de almoçar, passou pelo banheiro e voltou para a loja, localizada no andar logo abaixo da residência. o irmão mais velho foi para o quarto. a irmã e a mãe ficaram decidindo alguma coisa sobre uma saia que a mãe costurava para a filha, e o garoto foi levado pela empregada para se aprontar para a escola.

algum tempo depois, o irmão mais velho desceu também para a loja, chamou o pai e disse ter para contar uma coisa *muito chata* que ele tinha visto. o mais novo tinha esfregado o *bilau* na perna da empregada durante o banho, e ela certamente não ia contar, para proteger o menino. ah! e ele e a mãe já estavam no posto abastecendo para sair para a escola.

como? se esfregando na mulher que cuidava dele todos os dias? que ele próprio fora buscar na casa dos pais quando ela mal deixara de ser criança e disse que cuidaria dela como se fosse uma filha? e, além, muito além, uma criança em pecado? pensava tudo isso enquanto rumava para o carro da mulher. deu seu assovio de aviso — todos ficavam imóveis quando ele soava. chegou ao menino e lhe deu um safanão com tanta força que sangue lhe saiu pela boca. todos calados. ele deu uma breve solução para o caso e nunca mais se tocou nesse assunto.

ao menos duas vezes por mês havia a visita à casa do avô materno. o pai detestava. todos os outros o amavam. para o pai era pisar num terreno que era demarcado por outro macho. e que era um homem bronco, mas ao mesmo tempo extremamente doce.

lá o pai não tinha voz. lá o pai não tinha vez. e o garoto... ah, o garoto recebia colo e beijos. o pai detestava.

4

eram os meados dos anos 80, e um sopro de esperança pairava pelo país, mesmo em seus recantos mais esquecidos. as histórias de tortura, exílio ou morte que o garoto ouvira contar sobre seus ídolos musicais e literários estavam fadadas ao final, dizia-se. alguns amigos que passavam férias na cidadezinha natal do garoto tinham tios que voltavam de países distantes, ou professores que podiam retomar o ensino de matérias estranhas para ele, como filosofia e sociologia. de qualquer forma, era um tempo de vir a ser o que até então era proibido.

o garoto não conhecia o mundo de outra forma, nascera e fora criado ali em sua cidadezinha natal. ela era cercada por morros em todos os horizontes, coisa que servia aos poucos turistas como paisagem, mas que para alguns de seus habitantes se assemelhava mais a uma metáfora macabra. a vida ensimesmada, tosca e apequenada se desdobrava para dentro e para fora no cotidiano das pessoas ali nascidas, um eterno repetir-se que desprezava ou expulsava as peças que ousavam desafiar a engrenagem maior.

a chegada das boas notícias no âmbito geral do país coincidia com a possibilidade quase real de ir morar na roça iluminada, festejava o garoto. as coisas em casa não iam bem para o seu lado, porém ele tinha como arma defensora um desempenho acima da média nos estudos, uma constante a ser usada como justificativa na hora certa. havia também a prima mais velha, *c*, que lá morava há um tempo e que, esta era sua impressão, parecia ser um adulto que gostava dele. pelo menos ela sempre o abastecia de discos, livros e amigos que só lhe expandiam horizontes, contrastando com a geografia local.

a vida de *c* parecia mais um sonho: vivia sozinha na roça iluminada, formara-se em comunicação social, editava e redigia um jornal impresso e ainda era âncora em um jornal televisivo de uma emissora politicamente engajada — ao menos o quanto isso era possível naqueles tempos de abertura. tinha um namorado cantor (ou uns namorados cantores), os pais a respeitavam, a família expandida parecia girar ao seu redor, o que despertava no menino uma franca admiração (e na irmã dele uma certa inveja, daquelas causadas e alimentadas pelo entorno das mulheres, mais do que por elas próprias).

a adolescência do garoto não vinha sendo fácil. as dificuldades de relacionamento em casa pareciam tomar conta da escola e das ruas da cidadezinha. recentemente recebera duas surras do pai que lhe renderam visitas ao médico, vergões, cortes e curativos por todo o corpo. ele não conseguia entender o motivo — suas ações originais pareciam muito menores se comparadas ao nível das punições. lembrava com nitidez do início de cada um dos martírios. como a maioria dos atos covardes, ele começava sempre pelas costas, podendo ser um chute ou um safanão, coisa que lhe rendeu pelo resto da vida ombros arqueados para a frente, em posição de alerta. gritos entremeavam as pancadas, vira homem, *h*! você não presta!, vagabundo! — e um rosário de nomes de artistas de que o garoto gostava era desfiado como em um catálogo da cultura nacional espumado pela boca do pai, com os olhos inflados de sangue e ódio.

a mãe não interferia nas sessões de tortura. pelo contrário, muitas vezes era ela quem as causava, embora ocasionalmente ela mesma terminasse subjugada pelo punho do pai valentão. o modus operandi familiar escapava até às mentes mais argutas que por acaso vinham a saber daquilo. eram poucos os estranhos que tinham acesso ao seio da família, e tudo era cercado pelo maior dos silêncios, fato com que o garoto não se conformava e teimava em tentar mudar, fazendo tudo o que estava ao seu pequeno alcance para que alguém, talvez, atendesse o seu pedido de socorro. a mãe procurava jogar com tudo e todos para aproximar ou afastar de si aquele homem que parecia ter sobre ela o efeito de uma droga viciante. nada podia existir ou ser cumprido a menos que surtisse resultado direto na relação doentia dos dois. ele não demonstrava afeto em relação a ela; ela mendigava sua atenção e reproduzia com os filhos o mesmo joguete asqueroso de procura e renúncia.

tudo aquilo, no entanto, parecia estar prestes a ficar para trás. a prima *c* prometera que ajudaria o garoto a sair dali e que o levaria para morar com ela, sob o pretexto de estudos para conseguir uma vaga na melhor universidade do país, situada na cidade grande. a roça iluminada seria só uma ponte para as ambições do garoto.

embora o irmão mais velho e a irmã caçoassem dele quando dizia que conseguiria alcançar aquele objetivo com seus meros quatorze anos, ele não tinha dúvidas de que *c* não o deixaria na mão. sentia o cheiro de uma felicidade possível cada vez mais próxima, poderia ser o que bem entendesse, e tinha a certeza de que isso não seria da conta de ninguém que tivesse mais de dois neurônios e uma vida própria para cuidar. com o tempo perceberia que não era tão simples assim.

c cumpriu o prometido. chegou um dia na casa de *h*, trancou-se com o pai do garoto no escritório e desfiou sabe-se lá que sequência de razões para convencê-lo a deixá-lo seguir com ela, no fim daquele feriado mesmo, rumo à roça iluminada. iam levantar informações e organizar o que fosse preciso para começar os estudos dele por lá a partir do ano seguinte. o garoto sentiu o coração saltar à boca quando ela disse: arrume suas coisas, eu passo para te pegar depois de amanhã. o pai saiu calado, sem lançar um olhar sobre ele. batalha vencida. que siga a guerra. *você me abre os braços / a gente faz um país.*

***

o anúncio dado pelo pai da prima *c* foi inesperado, e muito embora ele fosse um homem bacana com quem se podia argumentar sobre (quase) tudo, o modo e o tom da voz que ele usou não ofereciam escolha. a família toda voltaria para a cidadezinha natal, lá no meio dos montes.

a mãe de *c* estava feliz por poder retornar ao local em que nascera. ficaria cercada por sua imensa família de quatorze irmãos e irmãs, respectivas cunhadas e cunhados e toda a corja de sobrinhos que advinham desses casamentos, com encontros praticamente diários regados a bebida, carinho, falsidade e desconfiança. haveria outro modo de existir?

c ansiava secretamente por escapar daquilo. tinha uma ternura profunda por todas aquelas pessoas, mas isso não significava poder conviver com elas mais de duas ou três semanas nas férias escolares. e a cidade onde eles moravam até então devia ser em torno de dez vezes maior do que a cidadezinha natal do seu pai, para onde ela estava sendo levada. nunca morara lá, *c* era uma espécie de vanguarda do movimento familiar, geradora de tendências, sabia das coisas, conhecia cineastas, músicos, artes que nem em sonho a maior parte dos habitantes daquela vilinha ousava conceber.

uma dose caprichada de desfaçatez teria de ser usada para alcançar seus objetivos perante os pais e tios, que tinham um fascínio e ciúme naturais em relação a ela, sua beleza física e sua inteligência — ok, o narrador, num viés de ponto de vista, descreve aqui como qualidade o segundo atributo que era mais visto como defeito pela maioria dos homens da família, mas haveria sempre o garoto para louvar aquele que era talvez o maior dos seus predicados.

ela chegou à cidadezinha natal, distribuiu uns tantos sorrisos, tomou alguns cafés com biscoito e a próxima coisa foi partir sem demora com o pai para descobrir faculdades com curso de comunicação social que lhe serviriam. mãe e pai haviam concordado, ela fora loquaz e contundente. não se sentia parte da pantomima encenada ali, era melhor manter uma distância mínima que fosse, algo como as três horas que os separavam da roça iluminada.

viver sozinha nem era tanto a sua intenção, dava-se bem em casa, amava com intensidade a família da mãe, porém parecia muito custoso, senão impossível, entender a família da parte do pai, especialmente o tio mais novo, pai de *h*, a prima que se casou grávida aos quinze anos e um *narcotic ruralboy*, todos enredados em um grotesco melodrama escrito com a aparente conivência da tia, sempre calada, no excesso de violência doméstica em que viviam. não que isso não acontecesse em outros ramos vindos da parte de sua mãe, mas a falta de medida observada na família do pai de *h* era difícil de tragar. realmente não podia ficar por ali sem se envolver em confusão. as noções pequeno-burguesas de sexo, drogas e papel da mulher na sociedade eram coisas do século 19. não estava pronta para aquilo (e nunca estaria, como viria a perceber depois).

faculdade e apartamento descolados, voou. a vida na roça iluminada era boa para *c*. entre faculdade, amigos, namorados, bares e muita música, ela se movia com graça e bastante jeito de corpo, na trilha de um belo caminho para os seus vinte e poucos anos. visitava a cidadezinha natal cerca de uma vez ao mês, mais do que gostaria até, mas havia que se cumprir o protocolo. para o garoto, essas visitas eram dos acontecimentos mais esperados. ele contava os dias para beber da liberdade que emanava da presença dela. e também observava com espanto como ela se movimentava entre os mais diferentes habitantes de lá sem perder o sorriso, sabendo falar a língua de cada um. conseguia preencher o olhar de quem quer que a mirasse.

generosidade afetiva e material sempre foram características indissociáveis da prima *c*. através dela coisas essenciais como o rock'n'roll e a arte underground tinham entrado na vida do garoto. em companhia dela, *h* tinha visto o primeiro sol nascer depois de uma noitada, junto com ela o primeiro carnaval. ele achava natural encontrar nela todo o conforto familiar que lhe faltava, e pedia mais, meio sem medida. já ela se preocupava muito com ele, mas também se incomodava com aquele garoto que poderia ser bastante cortante às vezes e que, na sua carência absoluta, não sabia a hora de se manter um pouco mais distante. aliás, distância parecia ser a coisa mais necessária para ele agora, pois a coisa ia desandando além da medida na difícil relação com o pai.

já foi dito que *c* não conseguia entender muito bem a diferença abissal entre o irmão mais novo de seu pai e o resto do clã, seus irmãos e irmãs. era uma família grande, com uma razoável ignorância nos modos, mas amorosa apesar das dificuldades de imigrantes pobres que viviam, basicamente, do campo. o pai dela fora o único que se diplomara e vivera fora dos limites da cidadezinha natal. os outros cinco eram simples, trabalhadores braçais, mas que deixavam as rudezas da vida no campo e voltavam para suas casas com as mãos cascudas plenas de carinho para aqueles que eram seus. o tio mais jovem, pai de *h*, porém, tinha algum tipo de desajuste. há pouco ele havia se dado muito bem em termos materiais, em um curto período de tempo, ninguém entendia muito como, mas a intelecção também não era lá o passatempo preferido daquela gente. agia como um touro bravo, berrando e abrindo o seu caminho com o corpo, muitas vezes com o punho cerrado. a violência naquela casa era de partir coração, a tia e os primos com muito menos força física do que ele, que podia estourar a qualquer momento e expor a vergonha e o sangue daqueles que prometera um dia proteger e respeitar. com o delicado primo mais jovem, *h*, a coisa ia mais longe.

pouco depois de mais uma das brigas aparentemente sem motivos do garoto e do pai, *c* foi à cidadezinha e conversou com o garoto. ofereceu a ele abrigo em sua casa, mas tudo deveria ser feito de comum acordo entre ele e os pais — ela serviria de mediadora. aquela foi a primeira vez em que o garoto teve a sensação arrasadora de um sonho à beira da realização, uma espécie de alarme detonado em todo o corpo, anunciando um tempo de prazer e compreensão pela frente, em um mundo todo a ser descoberto. algo bem lá no fundo dizia a ele que, sim, aquilo ia acontecer, por mais que as experiências anteriores suas ou dos irmãos acabassem levando à frustração. ela ia conseguir.

conversar com o tio nem foi tão difícil para *c*. a relação com o filho parecia ter chegado a extremos que ele, no fundo, percebia. e a atribulação diária que surgia disso era muito extenuante. a conversa não durou nem meia hora. ela saiu de lá com o passe-livre para o primo-problema.

c observava, já na viagem, o sorriso leve e as pernas inquietas do garoto e sentia-se feliz por poder proporcionar a ele tal oportunidade. se ele construiria um belo caminho ou não, disso ninguém podia ter certeza. mas era bonito ver um raio de luz iluminar uma vida obscura. era bonito abrir uma porta que o tiraria da prisão. era bonito dar voz a quem tinha de ficar calado ou gritar para se fazer ouvir. ela jamais se esqueceria daquele dia. ele também não.

5

a fonte luminosa, motivo de orgulho para aquela gente sofrida da cidadezinha natal do garoto, era, enfim, reinaugurada. a cidade estava em peso, menos a aristocracia (se é que o termo em sua acepção primeira ali se aplicaria), pois raras vezes se podia vê-la em eventos ou em lugar algum. uma confraria pequena e que, ao fim e ao cabo, afinal, não se dava nem entre si, alimentando-se e regurgitando sempre dentro de cada próprio núcleo fechado.

o garoto achava a fonte de extremo mau gosto, feita de azulejo azul e pedras vermelhas quebradas no fundo e, acima, pedrinhas pretas com fundo branco. na sua tenra infância, no alto de tudo, pinguins-chafarizes esguichavam a cada meia hora, mas na reforma, desapareceram; diziam as más-línguas que enfeitavam agora a piscina da chácara de um ex-prefeito da direita mais ardilosa da cidade — o fato mesmo era não ser possível afirmar que existisse uma direita mais amena por ali e muito menos a possibilidade de alguma esquerda. as igrejas silenciosamente separadas por extratos sociais assim pregavam. a ausência de transporte coletivo para que os empregados chegassem aos longínquos locais de trabalho deixava marcado na sola dos sapatos da classe trabalhadora a indiferença e gritante desigualdade social, mesmo numa cidadezinha. e alguém reclamava de alguma coisa? os habitantes pareciam todos ser de direita, todos empregados urrando pela defesa dos interesses dos patrões.

depois de terminar o trelelê entre a população mais velha e a fonte, os mais jovens foram ficando sozinhos, sob avisos de não chegarem tarde em casa, amanhã tem escola. atrás da fonte, um amigo do garoto perguntou se ele gostaria de um pouco de loló, e ele, do alto dos seus dez anos, não sabia do que se tratava e perguntou. o amigo ajuntou a barra da camisa, molhou com o líquido de um frasco algo assemelhado a desodorante barato, *chupa o ar com força, não deixa o pano molhado encostar na boca ou no rosto, queima*. nossa, o céu desceu à terra. um emaranhado de sons, imagens, sentidos aguçados, o mundo girando à sua volta, a tal fonte ficou até bonita. e então iniciou-se um caminho que perseguiria *h* por toda a vida: as drogas — lícitas ou ilícitas —, ele não podia passar sem elas.

na sexta-feira da paixão seguinte, *g* e *b*, dois amigos mais velhos, pra lá de livres e bem malvistos na cidadezinha, o convidaram para experimentar um baseado, ele ainda imberbe e de calças curtas... *g* era um rapaz superinteligente, trazia muita alternatividade para a vida do garoto, e ainda havia essa relação dele com as drogas, pesada mesmo, tomava nos canos, como se dizia à época, cheirava, bebia, era um escarcéu. *h* o admirava profundamente. um dia, foi encontrado morto, com o corpo cheio de hematomas, no meio de um milharal. nunca se divulgou a *causa mortis*.

a maconha passou a ser um hábito, *h* fumava dentro da escola, fumava andando pelas ruas, fumava sentado na praça e tudo parecia ficar mais leve e possível de suportar. junto a isso, veio também o tabaco.

pouco tempo depois, aos treze anos, porém, a coisa pesou. com seu costume de andar sempre com gente mais velha, o garoto passou o carnaval numa casa onde a pessoa mais nova depois dele deveria ser ao menos dez anos mais velha. na vitrola, rolava muito lobão com seus *canos silenciosos*, dire straits, rolling stones, e assim seguia o ritmo de carnaval. foi num desses momentos que perguntaram para o garoto: *quer experimentar brilho?* — e ele, sem saber qual era, seguiu a garota pelos corredores da casa, *pronto, duas linhas para mim, duas para você, você vai ver como é bom.* e a luz se fez! de repente, ele parecia saber tudo, não ter mais medo de nada ou coisa alguma, capaz de sair de peito aberto pela cidade e cagar para o assédio moral exercitado sobre ele; começando por sua própria casa, onde, desde os seis anos de idade, só se dirigiam a ele por um apelido feminino, um favor que o irmão mais velho lhe fizera.

apesar de tudo isso, a escola continuou razoavelmente na mesma, suas notas eram as melhores a cada nova classe, a única mudança foi ele começar a se sentar no fundão, junto com os atrasados em resultados estudantis, a maioria repetentes, mas experts em trazer substâncias proibidas para serem consumidas ali mesmo, às vezes dentro da própria sala. e o garoto foi ponte de transferência entre essa turma e muitos outros garotos da idade dele depois disso, uma espécie de vapor, desencadeando uma campanha feita pelos pais na cidade, de que ninguém andasse com aquela má companhia.

o álcool viria mais tarde, só no segundo ano, já morando na roça iluminada... ainda bem, porque medida para as coisas nunca foi o forte do garoto, não seria do rapaz nem do homem em que talvez ele se transformasse um dia. e álcool está liberado. até a morte.

eram dias e noites de loucura. ganhara uma moto do pai quando fez dez anos (oi, alguém falou no deus cronos?) e andava por toda parte absolutamente bêbado, doidão, sem capacete e invariavelmente com alguém na garupa. o pai, ausente, não percebia nada. a mãe via, mas talvez tivesse temor da reação do pai ao saber de tão grande contravenção e ficava calada.

o assédio moral sobre *h* não era pouco na escola e nos pontos de encontro dos grupos de jovens. muitas vezes, tinha de ir embora correndo porque uma turma de valentões decidira dar uma surra nele *para aprender.* e assim, cada vez mais, seguia com os amigos mais e mais velhos e com o comportamento agressivo estranhamente muito além do esperado para a adolescência, um arsenal de ataque usado como defesa antes de moverem um dedo contra ele.

foram anos dificílimos os da adolescência na cidadezinha natal. o desejo homossexual cada vez mais forte, as namoradas como tentativas de enganar até a si próprio. a vergonha do apelido feminino dentro de casa, usado indiscriminadamente, na frente de quem fosse, podia ser uma namorada sua, podia ser o juiz de direito da cidade. sofria e quanto mais sofria mais drogas queria e mais difícil o trato se tornava e mais vontade de sumir dali para nunca mais voltar tomava conta dele.

expulso de três colégios, no quarto foi chamado à diretoria. não aceitariam sua matrícula no ano seguinte. embora fosse um aluno de alto rendimento, as classes pelas quais ele passou lá até então tinham sido as de mais baixo rendimento médio; *teria ligação com a sua presença? hein?* mais uma terrível surra de que sua prima *c* o livraria ao conseguir levá-lo para morar com ela. a conversa com a diretoria nunca chegou aos ouvidos dos pais.

falando em surras. 1984. janeiro, férias, a mãe pede ao garoto para marcar uma consulta para ela na clínica médica em frente ao tiro de guerra, e ele sai feliz em sua bicicleta e vai até lá, marca, depois vai para o ponto de encontro dos jovens de então, a praça da matriz. pouco tempo depois, a irmã mais velha passa de carro, buzina, e a plenos pulmões: *vá para casa, meu pai está te procurando. a coisa tá feia pra você.*

coração disparado, ele desce a rua principal voando na bicicleta para descobrir o mal-entendido. lá, encontra a mãe aos berros, ele não tinha marcado a consulta fazendo-a ir até a clínica à toa. *mas não, eu marquei a consulta... sei. seu pai vai ver isso com você.*

havia duas clínicas na mesma rua, o azar foi o garoto só conhecer uma, a do oculista da família. deveria ter sido a da ginecologista, apenas algumas casas adiante. o pai: sobe, *h*, vou acertar isso com você lá em casa.

o garoto sobe bem devagar as escadas passando por dentro do escritório da loja para chegar à residência, tira o relógio ganho há pouco para não estragar. relógio na mesa da secretária, TUM, chute nas costas. *h* atravessou voando para o outro lado do escritório. sobe, é lá em cima a nossa conversa. tremendo de medo, passa ao lado do pai, encostado à porta que leva à casa e, TUM, safanão na orelha. dali em diante, o pai tira o cinto e alterna socos com golpes de cinto escada acima, os degraus de pedra colorida, como pequenos confetes de um carnaval impossível, a mãe ao lado, calada, a porta ao fim dos vinte e quatro degraus de onde se ganharia a rua e o pesadelo cessaria. o garoto sangrava nas costas pelos cortes da fivela, mas nada daquilo parecia ter um fim: *vou te ensinar a ser homem.* depois, a salmoura e o silêncio insistente da mãe. o peso dos passos do pai escada abaixo descompassados com o tempo do coração de *h.* a salmoura exalando a vinagre de maçã, o constante torcer e tocar sobre os ferimentos recentes surgidos sabe-se lá por qual motivo. a cabeça. ela rodava.

o avô querido morre. o colo morre. o carinho morre. ainda é difícil para alguém de doze anos compreender bem o que é a morte, mas ela estava lá, posta, crua. o avô no caixão. a mãe, todos os tios chorando. ele não quis ficar. uma cratera se abre no deserto sentimental do garoto. sigamos.

1984. março, o garoto estava em casa ouvindo seus discos quando a mãe abre a porta: estamos saindo, você vai ficar sozinho, atenção ao telefone e à campainha. não sei se vamos demorar.

melhor para ele, pode aumentar o volume e gritar com a cantora punk alemã mesmo sem entender nada. quem a introduzira na sua vida tinha sido o incompreendido amigo *g.* muito mais forma do que conteúdo. ouviu algo como um lado do disco quando surgiram gritos chegando de baixo, da loja do pai. abaixou o volume e chegou-se à janela. eram eles mesmos, os pais. só conseguiu ouvir o pai: *sobe, vou te mostrar quem é a vagabunda!* alguns minutos de silêncio, passos, a mãe falando sem parar sobre outra mulher mantida pelo pai, ela não parecia em nada com a mulher calada da maioria das ocasiões. e então começam os baques. a vitrola ainda girava no fim daquele lado do disco. a mãe começa a gritar, o garoto desliga o som, se encolhe na cama e fica pedindo em pensamento para aquilo parar. não para. piora. a cortina na janela em frente balança com a brisa de fim de verão. os baques ficam cada vez mais fortes e a mãe começa a gritar: *h, vem aqui, socorro, ele vai me matar!* o garoto não consegue mover um músculo, com medo de que o pai também o incluísse na surra. não sabe quanto tempo se passou. a porta do quarto do garoto é aberta e o pai: *vai lá ver. arrebentei ela.*

o pai sai. médicos, vizinhos, empregadas, irmão, surge gente de toda parte e o garoto só pensa em saber quem vai à delegacia dizer para prender o pai. a mãe, ele encontrou numa poça de sangue no chão. a parede encharcada de sangue. além das pancadas no corpo, ele bateu a testa dela contra a parede e havia um rasgo enorme de uma ponta a outra bem no meio da têmpora. ninguém fala nada sobre o pai,por quê? o garoto sente ímpetos de ir ele mesmo à delegacia, mas não vai adiantar nada, dirão ser problemas de foro íntimo. liga para a irmã para contar e ela diz já saber, o pai está na casa dela, vai dormir lá. *como assim, você vai abrigar o quase-assassino da nossa mãe? ela sabe provocar, h, agora aguenta.* e desliga. *você fica deitada, com medo do escuro, ouvindo bater no ouvido o coração descompassado... é o tempo, maria, te comendo feito traça num vestido de noivado.*

exatamente uma semana depois, o pai está de volta em casa, não houve diálogo, não houve pedido de desculpas, ele simplesmente se deitou sobre a cama e sobre a mãe, como se, afinal, nada houvesse acontecido; e ela também agiu assim. daquele dia em diante, *h* desenvolveu um asco violento do pai, parecia não conseguir existir na sua presença. trabalhou em uma agenda seus horários e os do pai para não ter nem que cruzar com ele nos corredores da casa. e foi até que bem-sucedido. da mãe, restou um sentimento misto de dó e raiva.

1984. maio, os pais tinham viajado para a roça iluminada e o garoto teve um dia normal, escola, música, um pouco de estudos, e mais música. à noite, haveria um especial do cantor com a maior voz do país e o garoto queria gravar um VHS para ter quando quisesse ver de novo e de novo e de novo... deita-se no chão da sala, prepara tudo, começa. alguns minutos depois, chegam os pais da viagem. passam pelo garoto sem cumprimentar e sobem para a cozinha.

h! vem aqui agora! mais cedo, o garoto tinha recebido uma lata com leite congelado, um funcionário da fazenda tinha trazido. tentou colocar na geladeira, mas não cabia, e como estava congelado, deixou sobre a pia... *o que isso está fazendo aqui?* o garoto explicou não haver espaço no refrigerador... *vou te ensinar uma coisa. desliga essa merda dessa televisão.*

o garoto vai rumo à TV e, TUM, primeiro chute. ele se desequilibra, cai sobre a TV e o VHS, tudo escorrega, mas encosta na parede e não chega a quebrar.

sobe! vamos lá, vou te mostrar onde se guarda o leite. o garoto tremia, num lugar suspenso entre a raiva e o medo. sobe as escadas entre tapas e chutes, chega até a lata cheia de leite, agora já um pouco descongelado. pai: *pega essa lata e vamos descer com ela até o andar de baixo. a cada gota derramada vai ser uma porrada que vou te dar.* absolutamente sem força, toda ela consumida pelo pavor, o garoto pega a lata e já derrama um pouco em cima da pia. TUM. ele segue andando, a cada passo derrama, TUM, TUM, TUM. a mãe calada. o pai grita coisas como *vou te fazer virar homem, vai largar essa merda de música e de livro em que você vive grudado, você é um vagabundo.* e o garoto fica sabendo então. há um frigobar vazio no andar de baixo, ele nunca viu, nunca soube. guarda a lata já com o leite pela metade, fecha a porta, TUM. encolhe-se num canto da parede, a fivela no lombo rasga cada vez mais a carne da criança de doze anos. e se ele conseguisse correr e escapar do pai coxo, que nunca teria a velocidade dele. de nada adiantaria, as portas da casa e da loja já estavam todas trancadas. de repente, o pai agarra o menino pelos cabelos e começa a bater sua cabeça contra a parede. neste momento, a mãe, talvez movida pela lembrança do próprio crânio sendo esmagado há meros dois meses, tenta intervir: *você vai machucar ele, assim não... some daqui, senão eu dou um jeito em você também. ele é* assim *por sua causa.*

Quem perdeu o trem da história por querer
Saiu do juízo sem saber
Foi mais um covarde a se esconder
Diante de um novo mundo

era a música cantada no momento em que TV e VHS foram desligados. a gravação interrompera ali. a fita permaneceu muitos anos como um memento macabro.

um pouco depois, enfim, o pai se cansou. parou. disse ainda terem contas a acertar e deixou o garoto todo machucado no chão. a mãe aparece para ajudar a curar as feridas. o garoto não deixa. tem asco dela também. no dia seguinte, cheio de hematomas, o garoto pega seu short mais curto e a menor camiseta regata da gaveta. vai para a aula assim. todos em choque. termina a aula, vai pela praça, pela rua principal, à casa de amigos e se exibe. a cidadezinha pasmada.

alguém fez alguma coisa?

nada.

6

que bonita era a festa civil naquela noite quando os habitantes da cidadezinha natal recebiam da prefeitura o restauro da bela fonte onde casais de namorados trocariam carícias em breve, como acontecera no passado. a cidade precisava mais de atos assim, a alta burguesia se unindo com o poder público e dando ao populacho o circo, deixando eles pensarem que logo viria o pão.

melhor não falar nada sobre isso, não toca a mim.

as drogas eram um problema e tanto na cidadezinha natal do garoto. todos tentavam não ver, porque, se vissem, deveriam enfrentar os filhos envolvidos com elas e — melhor não esquecer — é sempre o filho da vizinha que não presta, nunca o meu. amor de mãe. ou covardia.

esse menino está andando com uma gente muito esquisita. melhor pôr de castigo. arrancar ele do meio dessa corja. todos subversivos. mas, aí, sim ele vai piorar. melhor não falar nada.

a sua rádio am anuncia, com muito pesar, o falecimento do senhor *gc*. aos familiares, nossas condolências e nosso afeto.

papai, o que vai ser de mim sem você? nas horas difíceis, você sempre me amparava. esses meus irmãos aqui à volta já falando da pouca herança deixada por você... bom, eu não preciso de nada disso, deixa pra lá, melhor eu não falar nada.

a violência doméstica era uma constante na cidadezinha natal do garoto. homens se julgavam donos de suas mulheres, como se elas fossem animais e, volta e meia, saía uma história nova, um tiro disparado, uma lâmina afiada, um casamento acabado nesses termos. era mais uma vez em que o século 19, no qual a cidadezinha tinha parado, aflorava.

ele só fez isso comigo porque você não estava aqui, papai. ele não teria coragem. mas eu não sei viver sem ele. tenho medo dele e tenho medo sem ele, mas com o medo dele, já estou acostumada. ele voltou para casa hoje. melhor não falar nada.

e mais abuso reinava. alguns pais passavam absolutamente do limite com filhos ainda crianças, sem a menor capacidade de defesa. mas a banda tocava assim. como ninguém quer alguém se metendo nos seus assuntos de dentro de casa, ninguém há de se meter nos assuntos de alguém. mantemos, assim, as aparências. que venha a missa de domingo.

ele exagera com h às vezes. mas amo este homem, ele é minha vida. também amo meus filhos. mas eles logo acharão o caminho deles e virarão as costas para mim. e não sei existir sozinha. melhor permanecer, para sempre, calada.

nada.

ah, o amor pra mim é uma coisa muito... muito grande; muito... muito sagrada... o amor... o amor é o amor. eu me dedico demais ao amor.

quantos milhões de cidades cabiam na cidade grande? o intocável infinito dos sentimentos perdidos naquela pantomima parecia esbarrar na física pulsante dela, quando se estava ali. as calçadas a se multiplicar, as ruas a se multiplicar, arranha-céus, torres e, por cima de tudo isso, as pessoas, as pessoas, as pessoas. Devia haver alguém. o rapaz estava lá. por ele. inseguro, vá lá, um tanto paranoico, um tanto metido a besta, de puro temor. mas ele estava lá. e queria, por mais difícil que fosse, experimentar o que era o amor. na cabeça dele, a qualquer custo que tivesse. exatamente como era o tal amor romântico que tantos livros, discos, filmes e novelas lhe tinham enfiado cabeça adentro. *porque eu, meu amor, vejo graça até mesmo em clichês.*

a vida na cidade grande trazia exatamente o esperado. um anonimato confortável, uma cortesia entre pessoas que provavelmente nunca mais voltariam a se ver; poder respirar, por fim, sem ter a impressão de estar roubando nada de alguém, principalmente de si mesmo. a sensação única de que cada fato vivido tinha sido de sua própria escolha, mesmo que ao acaso; sua opção, seu prazer ou sua dor.

aportar na cidade grande não fora fácil. são muitas luzes. piscam, chamam, repelem, ardem. e com o jeito arisco desenvolvido pelo rapaz, aquilo tudo queimava, um queimado bom; era um fim de baseado, um braço esquecido sobre a trempe até, mas era uma queimadura. era o contato direto com uma fonte de calor ou de frio além da medida. era um contato direto.

esforçara-se aqui e acolá e terminara na melhor faculdade de pindorama, onde todo o mundo era alguém, parecia até mesmo que os que faziam a limpeza tinham ao menos quatro sobrenomes. começou a perceber, bem devagar, que sua banca não era tão distinta assim. e também que a posição que lhe ofereciam lá não era a que ele queria. não, ele não queria ser *dirigente do país*. ainda mal dirigia seu carro e seus amores imaginários, aqueles que ainda nem tinham começado.

houve um semestre em que cansou. aproveitou a leitura de *cartas a um jovem poeta*, presente da professora de sociologia que o fizera ler marx pela primeira vez, e decidiu: mentiu em casa, fez que ainda ia à faculdade e foi rasgar mundo. rastreou os jornais, achou as coisas que lhe interessavam, achou cinemas, teatros, casas de show, bares underground e foi atrás de tudo aquilo, foi atrás da vida. e eram noites que começavam num certo projeto às dezoito e trinta, nas quais via suas novíssimas bandas favoritas ou professores da universidade fazendo música dodecafônica. seguia por cineclubes que mostravam películas em preto & branco recém-produzidas por um grande cineasta alemão. e depois ainda os porões onde começava a nascer a cultura clubber dos anos 1990, com o culto aos DJs e às personalidades desmedidas que escolhiam quem entrava ou não naqueles antros sujos. tornou-se uma espécie de hedonista, mas também queria conhecer outras formas de existir; acabou conseguindo um trabalho através da amiga de uma amiga numa das lojas de moda concorridas da cidade grande, era uma época em que ser balconista de grife trazia status e até algum dinheiro.

foi deixando o toca-fitas girar pelos caminhos que o levariam ao shopping para começar a nova partida com a vida. uma vez estacionado na garagem, em uma época em que os funcionários das lojas podiam estacionar nas hoje concorridas (e muito bem-pagas) vagas de shopping.

entrou. primeiro dia de trabalho, nem tinha que se esforçar em parecer grande coisa, pois as roupas de trabalho eram todas determinadas pelo gerente na própria loja, então era deixar acontecer.

vitrines, corredores, segurança, clientes, esquina de onde seria sua parada final... o que era aquilo? por todos os deuses já vindos e por vir — o homem mais lindo do mundo. o rapaz ficou ali olhando o coturno alto, a calça reta, a blusa preta e amarela sob a jaqueta de couro *perfecto*, tudo parecia feito para aquele homem. foi quando deu com os olhos dele, o sorriso dele, e uma garota ao lado já rindo da situação, e então voltou a si. é pra esquerda que tenho que ir, isso; vamos, pés.

automatizadas vieram a chegada ao local de trabalho e a absorção das regras. nada além da exploração laboral normal de fins de século 20. conheceu as mercadorias. era uma loja de moda masculina, bermudas, shorts de praia, calças de sarja, camisas estampadas, parecia um pouco que ele estava em miami city; um pouco envernizada, mas miami city. pausa para café. foi.

um café e uma coca, por favor — sempre fora dos mais aceleradinhos, desde que pôde escolher. pagou, retirou, achou um cantinho do outro lado do balcão e quem estava lá? a moça que ajudava o homem mais lindo do mundo a montar a vitrine. ligação imediata. sorriram e já conversavam como se fosse um reencontro de anos. ela era linda. chamava-se *k*, tinha longos cabelos encaracolados, olhos verdes puxados, boca carnuda e ligeiramente torta, conferindo unicidade, não deformação.

logo já foram falando do episódio da manhã, e ela disse que, além de ter sido engraçado, foi assunto entre ela e o gerente (ah, então era isso que ele fazia!) a manhã toda. eles não sabiam se jamais veriam o rapaz novamente, podia ter sido apenas um cliente de passagem, nunca nenhum dos dois o vira antes. quer dizer que ele deu para mim um décimo da atenção que dei a ele? ela disse que estava mais para a mesma quantidade da atenção, de acordo com o que conhecia dele e de como se comportou o dia todo.

tantos anos se passaram, décadas já, e *h* não sabe explicar a reação física que sentiu naquele instante. a sensação de deixar homens entrarem na sua zona de abate era nova, e ainda não tinha deixado de vez a possibilidade de garotas; mas a correspondência... e, neste caso, era o homem mais bonito do mundo que tinha se impressionado de alguma forma com o rapaz; fora a amiga dele, *k*, que dissera, não era delírio idiota dele. *vamos trocar telefone, marcar pra sair no fim de semana? onde você mora? que perto! oba!* (*ah, 19 anos, como tudo é tão fácil.*) *então lá estaremos!*

sexta-feira, na única boate a que todos que importavam iam, uma e trinta da madrugada. o horário era tarde porque, dentre outras cositas, nos anos 90 hordas de carros repletos de homofóbicos passavam pelos endereços frequentados por homossexuais na cidade grande jogando ovos ou tomates nas filas de entrada ou, simplesmente, fixando a cara das pessoas para ver se alguma poderia estar na sua rede de relações — e aí o diabo estava solto, no meio do *redemunho*.

mas nada daquilo importava. o homem mais bonito do mundo ia estar lá com sua linda amiga *k*; e o rapaz enchia a cara de *coragem*, a bebida mais barata do local, correndo assim o risco de que nunca mais se esquecessem dele. tinha chegado cedo. o recinto com dois pequenos andares foi enchendo, uma gente furta-cor, uma gente reluzente, uma gente sintética, uma gente dos anos 90. o rapaz ficou no andar de cima, que ampliava a visão e dava acesso mais fácil ao banheiro para as *necessidades* várias.

eles chegam. tudo zera. a música. a luz. as pessoas. o tempo. *oi, vocês já estão aqui, acabei de chegar*, diz o rapaz a *k*, abordando-a ao pé do ouvido. ela para. o homem mais lindo do mundo também para, vira-se para trás e... adivinhem? — sorri também o sorriso mais lindo do mundo. *prazer, m. prazer, h.* o rapaz ainda era uma criança, não entendia nada, mas residia ali uma certeza de que ele viveria algo para lá de especial com aquele cara, fosse curto ou longo, denso ou ralo — ele era invadido por essa intensidade.

dali para um carro. de lá para uma casa. e ali para o que parecia uma vida. *escolhe aí uma música, o som está debaixo da escada.* tudo em suspenso. observava tantos CDs em comum, tantos de que nunca ouvira falar, foi certeiro na cantora pop chic brasileira, *only you*, e sentiu-o respirando em seu pescoço: *vinho ou cerveja?* virou-se. o mundo acaba ali. o mundo recomeça ali. tudo o que tinha planejado para si até então parecia não ser mais. sim, era mesmo, por mais babaca que pareça ser, um novo ente que nascia de outros dois, e que morreria sem um deles, surgira ali. ele não sabia bem ainda o que era, mas tinha sido tomado pelo amor.

corpos físicos exaustos bem adiante, poucas palavras. *a minha vida é um pouco complicada, eu cuido de um namorado doente, o q, esse aí do porta-retratos* — rasgo no peito. explicou que o namorado vivia agora com os pais, a saúde estava bem frágil, mas aparecia às vezes para ver os bichos e ele, e falou da responsabilidade que era ter que cuidar e aliviar aqueles poucos momentos finais. claro que o rapaz sentiu a flecha ardente do ciúme. mas se sentiu incomodado por lutar contra alguém que também lutava (e fracamente) para sobreviver. além do mais, estava envolto em tais quenturas de prazer que não sabia se queria abrir mão delas por regras sociais. amante na literatura de cordel? seria com prazer, sim senhor.

mas e você? eu fiz os exames e está tudo certo. o medo das mesmas quenturas de prazer se dizimarem falou mais alto. *h* não quis mais falar disso. a manhã já nascera, *h* tinha que dar um pulo em casa, *m* tinha coisas a resolver do (ex?) namorado. falariam mais tarde. ah, e como falariam.

deuses, como tudo muda de cor com eros. a setinha move impérios desde que temos registro, e ainda vem o século 19 e dá uma apertada no parafuso. quem somos nós, pobres mortais, para resistir. a partir daquele dia, se tornariam um, o rapaz chegando a ser apresentado aos amigos do namorado doente como o novo namorado. se adoraram muito, dormiram um dentro do outro, trocaram alianças, viveram lágrimas de felicidade só de se verem ao fim do dia, foram à terra de um e de outro, passaram juntos pela morte do (ex) namorado, prometeram o que podiam e o que não podiam.

um dia, a secretária eletrônica: *m,* é a doutora *b.* o resultado dos exames chegaram, me ligue assim que pegar o recado. doutora *b*? exames? mas o que era aquilo? *m* chegou e *h* imediatamente pediu que ouvisse a secretária. *são os exames que ela pediu que eu fizesse depois da morte de q, só para confirmar certas coisas, está tudo bem, amor, amanhã eu vou lá.* e é estranho como no rapaz se deflagra um mecanismo de autoproteção ao contrário do que seria para muitos naquele exato momento. proteger-se, para *h*, ali, era não perder *m*. não queria mais esse assunto. enterrado. como *q.* o mundo tinha de ser outro. o rapaz não podia perder o que mal acabara de descobrir. e assim decidiu. só que a vida real provaria ter mais força.

***

k achara engraçadíssima a perda de rumo de ambos, do seu gerente *m* e do rapaz de fora da vitrine, ao se verem. aquilo a fez se lembrar de um recém-ocorrido com ela, mas com final nada feliz. chamou a atenção de *m* para a volta ao trabalho enquanto via o rapaz se afastando. algo nela dizia que dessa vez não terminaria assim.

estava na hora do segundo intervalo de café e decidiu ir ao quiosque no fim do corredor, sozinha, precisava de silêncio. e daí vêm as coisas que têm de ser quando precisam acontecer: ao lado dela, encostado no balcão, o rapaz de mais cedo na vitrine; se olharam e sorriram — na verdade, quase riram: o que tinha acontecido? reconheceram sotaques parecidos em suas falas, claro, um de minas, a outra de goiás. e quase a mesma idade, quase vizinhos, quase tão belos, quase tanta coisa... *chama ele pra sair com a gente sexta? claro que chamo!* os detalhes por cima, a troca de telefone, já deu a hora, o rapaz saiu meio cambaleante, desacreditando que coisas ingênuas e adocicadas de literatura rosa ocorressem.

k ficou ali pensativa sobre a delícia que ele devia estar sentindo e que ela sentira há pouco tempo, mas que desandara totalmente e acabou resultando numa viagem sua pelo velho mundo, sendo garçonete e babá, para tentar apaziguar a dor de ter sido a outra numa relação de dez anos e da qual, quando resolveu dar um basta, foi obviamente ela a dispensada, e ainda com requintes cruéis de amizade *estou-aqui-sempre-que-precisar.* ainda sofria por tudo, mas aos poucos retomava o curso de cinema, conseguia alguns freelas, ouvia músicas, via filmes e se jogava pelas pistas da cidade; como combinara agora com o rapaz de fazer na sexta. o lego da vida começava a tomar forma novamente.

k passou pontualmente na casa de *m* à meia-noite e entrou para tomarem um drinque, fazerem umas linhas e fumarem um baseado. tudo só um pouquinho, para dar aquela ligadinha. *m* estava animado para o encontro com *h, mas sabe como é, né, fofa, vai ter centenas de homens naquele pardieiro, vai que ele nem aparece?* *k* sempre se espantava com a *liberdade* com que os gays homens encontravam e deixavam parceiros em uma noite apenas que fosse. *m* se espantava com a capacidade e a rapidez com que as mulheres gays trocavam de esposa, geralmente numa corrente, com elos bem unidos, parecendo ao final que todas haviam trepado com todas! e assim seguiam se divertindo, algumas bichas não gostavam muito de sapas, algumas sapas não gostavam muito de bichas, mas parecia que *m, k,* e *h* não teriam o menor problema em conviver e compartilhar suas vidas entre si.

vamos atrasar um pouco, né, fofa, que eu não tô pra ser facinha! hahahaha! ah, tu conhece a piada de como duas sapas vão para um segundo encontro? num caminhão da granero! e as bichas, sabe como elas chegam para o segundo encontro? que segundo encontro? ai, meu deus, acho que a gente pode ir indo, tô meio louquinho, falando besteira já, talvez seja melhor ter este primeiro contato assim. e lá se foram, a boate era logo ao lado.

entram e vão pegar umas bebidas. de repente, alguém pega no braço de *k,* ela se vira e vê dois faróis acesos: era o rapaz. aperta a mão de *m*, que seguia na frente, ele se volta e são feitas as apresentações. que tal um drinque e dançar um pouco?

o rapaz detestava cerveja, *m* porém ofereceu aos três uma garrafa e *h* aceitou com um sorriso como se nada de mais delicioso pudesse existir na terra naquele momento. e assim se comportou pela noite inteira (apenas confessando para *k,* que não trazia para ele quando a rodada era dela... um anjo desde sempre.)

a boate estava cheia de gente conhecida, como de hábito, e *k* conversava aqui e ali enquanto prestava atenção se a coisa andava. De repente, *m: fofa, vamos sair para fumar um, então tu não te chateia se a gente não aparecer de volta... te amo.* bingo! ela ficava feliz por *m*, seu grande amigo, e também por *h*, que ela nem intuía que ia penetrar tão fundo em sua vida. fez um brinde e cruzou os dedos.

k acompanhou de perto o relacionamento dos dois e como nem suspeitava quando se conheceram, acabou por ficar mais íntima de *h* do que de *m*. viveram momentos intensos, a doença do antigo namorado, alguns amigos que não aceitavam a situação, a morte de *q*, tensões que *m* viveu com a família de *q*, a própria família de *m,* preconceituosíssima, tornando tanto a situação que acabara quanto a que estava começando extremamente difíceis.

h contou para *k* com muita alegria que *m* o tinha convidado para passar o fim de ano na cidade à beira do rio que não era rio, ou do lago que não era lago, sei lá — (de onde ele vinha) —, era um modo de resolver dois problemas, não deixar nenhum de seus grandes amores sozinhos, ele e a mãe. Claro, ele temia pelo humor da sogra, mas tentaria ficar o máximo de tempo na rua para não ter de enfrentar a fera. *k* só podia torcer para dar certo e que ele conseguisse fazer a senhora *w* dar um pouco de espaço para outro sentimento que não fosse amargura, que era só o que ela parecia carregar no peito.

h contou para *k*, na volta, que foi uma pequena demonstração de todos os círculos do inferno de dante em sete dias, sendo que, às vezes, a senhora *w* assumia o papel de algum dos próprios tormentos por que passavam os pecadores dantescos (*h* e *m*), às vezes, se passava por virgílio e narrava malévolas histórias sem fim, todas com o intuito de afastar *h* de *m*. na época, a passagem de avião era muito cara, e *h*, estudante, havia que esperar a volta. e nunca mais esse programa.

depois da volta, *k* e *m* ficaram ocupados com o lançamento da nova coleção da grife para a qual trabalhavam e o rapaz abandonou o trabalho *mundano* para voltar para a faculdade. o tempo de todos andava bem exíguo, mas continuavam vivendo o exílio amoroso quando podiam. *m* pagava passagem e hospedagem para que *h* o acompanhasse em fins de semana em que ele tivesse que trabalhar fora da cidade grande (e não eram poucos).

os dois se transformavam aos poucos: *m* cuidava da imagem de *h*, outro cabelo, novas roupas — *h* mostrava um novo mundo para *m*, o da cultura, por onde ele nunca tinha parecido querer transitar. e era tudo isso mais pizza, sorvete, marshmallow caseiro da esquina, maconha, cocaína, álcool e toneladas de sexo.

até que um dia, *h* reclamou com *k* que o sexo parecia estar diminuindo... não a frequência, mas a duração. e que, estranhamente, em determinado dia, *m* voltou do trabalho no meio do expediente, bem mal-humorado; subiu as escadas, mas chegou cansadíssimo ao final dos degraus, tirou um pacote grande de pó da bolsa e começou a cheirar. devia ser uma terça-feira. uma pequena discussão se deu por *m* não contar o motivo de estar em casa àquela hora e, claro, a coisa foi toda virada para *h*, que só podia ter ficado daquele jeito por estar esperando alguém chegar. os ciúmes de *m* eram algo para se levar em conta.

isso foi poucos dias depois da ligação da doutora *b*. *m* se sentou com *h* e contou que estava com algum problema no pulmão e que foi por isso que procurara a doutora *b*, afinal, ela era infectologista. *h* ligou para *k* e perguntou se no dia seguinte iria ao consultório da médica junto com eles. devia ser algo corriqueiro, ela só ligou para avisar que os exames estavam prontos. enquanto relatava isso, *m* seguia cheirando. a respiração ficava cada vez mais curta. *você não quer deitar? me deixe em paz. h* tomou a resposta como ofensa e foi passear com o cachorro. a casa ficou em silêncio.

voltou. era princípio de noite. *m* chorava na cama. *k, por favor, me ajude.* hospital de plano de saúde barato. era o que tinha. *m* piorava a olhos vistos e nem uma única pessoa entrava naquele quarto. ele estava ficando roxo. *h* e *k* fizeram o que podiam, mas tinham apenas vinte e um e vinte e dois anos e nenhum dos dois era parente do paciente. *m* não queria em absoluto que chamassem a mãe ou o irmão. pedia apenas para avisar a doutora *b*. mandaram vários recados para o bip dela, a comunicação mais rápida que havia. eram 18h50. ela respondeu que chegaria por volta de 20h30. e uma enfermeira daquela carniceria em que estavam ainda passou pelo quarto e disse, fingindo desolação: *ah... é o quadro mesmo.*

doutora *b* não entrou; ela invadiu o quarto com sua equipe, perguntas, pedidos, gestos; uma ampola e uma agulha enorme à altura do peito de *m*. paf! pneumotórax, foi a palavra pronunciada. eu não sabia se era mais uma doença ou se era o tratamento. ela suga a água que estava enchendo o seu pulmão. ele respira melhor.

ambulância. sirenes. outro hospital. humanização para lidar com as pessoas. *m* estava oficialmente internado. no chão, um tipo de recipiente continha água e um pouco de sangue. a água borbulhava. do recipiente saía uma borracha cuja outra extremidade terminava no pulmão de *m.* o objetivo agora era fazer com que as borbulhas parassem. parando, seria possível até se tratar em casa. a doutora *b* também falou, talvez, em operação. *h* descobriu pela internet que pneumotórax era uma espécie de buraco que deixava escapar ar dos pulmões para a pleura (onde não deve haver ar) e depois para o corpo todo. *tenho que ligar para sua mãe, não posso dar a autorização sem sua família ficar sabendo.* uma lágrima. telefonema dado. *h* a pegaria no aeroporto no dia seguinte, início da tarde. as coisas se intensificariam. de fora do quarto, *h* chamou a doutora *b* e perguntou se não era melhor já fazer o exame para ver se era a doença que matara *q. ver se é? claro que é. m sabe disso desde o momento em que q foi diagnosticado. ele não te contou? sinto muito.* mas essa conversa entre os dois ficaria para depois. agora era cuidar de quem estava mais frágil.

k foi a grande parceira de *h* em toda a empreitada. de repente, eles, que se conheciam há menos de dois anos, pareciam ser amigos de infância. e ambos eram rápidos, não deixavam espaço para que faltasse ação naquele filme, infelizmente, de terror. a senhora *w* seguia com sua encenação barata da divina comédia. entrou no quarto do filho que estava com pneumonia nos dois pulmões, não o beijou e, como coroamento, acendeu um cigarro. *h* explicou o estado de *m*, dizendo que ali não era lugar para fumar. ela olhou para ele, não disse nada, foi para a janela, terminou o cigarro.

os dias se passavam e a torcida para as bolhas pararem era enorme. *h* voltou para o apartamento que a família tinha e deixou a casa que mantinha com *m* para a senhora *w.* um dia, o recipiente amanheceu soltando quase bolha nenhuma. *isso, ia ser!* naquela tarde, *h* até se lembrou das aulas e resolveu jantar na casa do melhor amigo da faculdade para ver como iam as coisas, afinal era fim de semestre, época de prova; ele, alheio a tudo. *senhora w, este é o telefone onde vou estar. enfermeira, melhor você ter também. volto amanhã.*

e foi pegar o ônibus, era mais fácil, estava cansado.

a viagem de ônibus durou uns vinte minutos e deu para relembrar tanta coisa boa daqueles últimos dois anos que a única coisa em que o rapaz pensava era que não podia acabar, por favor, não. chegou ao apartamento da sua família paulistana. o amigo da faculdade abre a porta e manda: *putz, não tenho boas notícias, ligaram do hospital agora, m piorou muito, você tem que voltar pra lá!* mas não podia ser, *h* o tinha visto há menos de meia hora! *k,* que lhe fizera companhia o tempo todo, disse que só poderia ser engano, ele estava para receber alta no dia seguinte! bom, fato é que não era. *h* teve de voltar num comboio de carros com os amigos.

o recipiente das bolhas parecia uma máquina de oxigênio de aquário, o furo no pulmão abrira mais e surgira mais um furo, no outro pulmão. ele precisava ser operado naquela noite. *m* estava enorme, o ar escapava dos pulmões e espalhava pelo corpo. *h* pegou em seu braço e podia sentir as bolhas correndo sob a epiderme. tinha que ser forte e manter as aparências para que o homem mais bonito do mundo não percebesse que se transformara numa criatura disforme de filme de ficção científica barato.

ele pede para ficar sozinho com *h*: *eu não vou sair dessa, tu sabe, né? é claro que vai. a doutora b disse que vai dar umas clipadas no buraco, alguns dias na UTI e daí vamos para a fazenda dos meus pais, você descansa, se alimenta bem, a poluição da cidade grande no inverno...*

amor, ETA. (frase que criamos para poder expressar nosso afeto em público sem que homofóbicos nos cuspissem na cara.) *ETA agora tanto quanto ETA no primeiro dia e ETA pra sempre. não esquece isso, por favor.*

e naquele instante já vieram os enfermeiros e o transferiram para a maca e o levaram. todos ficaram ali de pé sem saber nada. pouco depois, um enfermeiro explicou que a cirurgia era complicada e demorada e que, da sala de operações, ele ia direto para a UTI. e sumiu.

foram embora, o rapaz e seus amigos. antes, perguntaram à senhora *w* se ela gostaria que alguém a levasse para casa. *não, eu vou ficar aqui. h*, noite em claro, mas ainda lembrando de todas as coisas boas vividas. era impressionante como aquela sensação não o deixava. o primeiro horário de visitas na UTI era ao meio-dia. a senhora *w,* claro, entrou primeiro. logo depois, foi *h*. *m* estava intubado, chorando, apontou com a mão para a face como se reclamasse da aparência; *h* tentava falar de trivialidades e de coisas engraçadas para quebrar aquele clima de limbo que tem uma UTI. acabou a visita, *h* lhe deu um beijo nos olhos e outro na testa sem imaginar que nunca mais o veria.

naquela noite, quando ligou para saber do estado do paciente, perguntaram se ele era da família. disseram que a família tinha restringido as informações apenas para parentes. ligou para a doutora *b* e ela confirmou que, sim, o irmão dele tinha chegado ao hospital e se inteirado de tudo e chamado a enfermeira-chefe passando aquela instrução, e ainda reiterou que, especialmente, se fosse um tal de *h* ao telefone. ela também se ofereceu para ajudar ao fim do dia. o rapaz poderia ligar no bip e ela diria como estavam as coisas. porém, nada além daquilo. ética.

passaram-se um. dois. três. quatro. cinco. seis. sete. oito dias.

ele ligou religiosamente todos os dias. estável.

a saudade dói latejada, é assim como uma fisgada no membro que já perdi.

no nono dia, ao chegar em casa, um recado da doutora *b* na secretária. *h, infelizmente tenho que te informar que a situação de m piorou muito hoje e que já fizemos tudo o que estava ao nosso alcance para ajudá-lo. temo ter que te dizer que esta, provavelmente, será sua última noite. se quiser, ligue para o meu bip.*

h ligou para o hospital, mentiu que era o irmão de *m* e pediu informação sobre seu estado: *o senhor mf foi a óbito há vinte minutos.*

8

a roça iluminada foi o centro gravitacional para onde migraram todas as possibilidades e impossibilidades da vida do garoto. lá, ele era sozinho. tinha, por vezes, a companhia do tio *d,* adotado por pura admiração e instâncias de identificação. mas nessa convivência impunham-se certos limites, e ele aprendeu, na dor, que gostar de alguém não era se amalgamar inexoravelmente.

lá, longe da família, ele inventou uma personagem que gostaria de ter sido. e a defendia a ferro e fogo, com uma arrogância que lhe rendeu inimizades, ainda mais na adolescência, zona de atritos gratuitos. porém, havia as primeiras experiências de sonhos realizados: as primeiras peças de teatro, os shows com seus cantores prediletos, as sessões de cinema gratuitas que lhe traziam uma gama de filmes e cineastas ignorados em sua cidadezinha natal. e dá-lhe *lágrimas amargas, fedra, brincando em cima daquilo, dona doida, blue velvet, eu só quero que vocês me amem, o fundo do coração, cidas, arrigos, itamares, tetês, the cures* e o que mais representasse alargamento do horizonte de *h.*

os amigos, poucos, eram mais velhos. ainda mais em uma época em que dois anos de diferença de idade já representavam um abismo. ele urdiu pular logo para o outro lado do normal e adiantou muitas experiências. a primeira transa, os psicotrópicos, o álcool. ver o dia nascer depois de uma noitada, chegar a dormir no ponto de ônibus de tão alto o nível etílico no sangue. e as paixões inventadas junto aos discos e livros que consumia vorazmente. tentava a(s)cender sua existência. pensava poder reexistir estando longe do que achava tão pequeno. e perdeu a mão na construção de seus sonhos. e tinha uma lista. dos sonhos impossíveis, impossíveis mesmo. que os outros desprezavam. zombavam. execravam. espezinhavam.

a cantora de cristal tão sedutora no palco e tão apática no trato direto. e ela renunciar a querer entender a esperança de resistência que a simples presença dela significava. e ele, borra-botas, escondendo lágrimas imbecis que lhe caíam dos olhos. aquele problema, afinal, era seu, de mais ninguém. mas já passara por situações mais ridículas, sabia. lhe avisaram.

quem mandou.

tudo dói. nada temos sobre os não nenhuns que nunca viriam. o caso destes mitos era diverso, misto de cantantes e pensadores bem-sucedidos, portentosos e com ciência disso. existia um certo desprezo ali também, claro, ele que se enxergasse, era um entre milhões.

a imaginação do que um dia eles foram o que o salvou várias vezes, inclusive de violência física. por que um abraço, um sorriso, ou cinco segundos de escuta concedidos para que ele de novo os louvasse e agradecesse podiam não lhes poderiam fazer bem? E, no mais, era parte do trabalho deles.

a escritora da sua terra. desta, foi bater na porta da casa na cidadezinha distante do divino, conseguira o endereço com um colega jornalista do seu tio *d,* com quem havia trepado e que estava fazendo doutorado na faculdade modelo da roça iluminada. bem, como isso se deu em detalhe não importa, certo é que teve meios. chegou, bateu à porta, não é que é ela quem atende?

um pleno adolescente merece um sorriso, tarefa que ela inicia, mas não quer tanto levar a cabo naquele instante. a porta, entreaberta, se entrefecha — dali não passaria. ao contrário de drummond para ela, ou de rilke para quem o quisesse ler, nunca teceria suas impressões sobre ela. talvez nada daquilo valesse algo mesmo.

listas-sonhos. e havia ainda os de espelhamento sexual...

saber sobre um rapaz de dezenove anos vivendo um namoro pleno e cotidiano com outro rapaz da sua idade era mais que uma quimera, era surrealismo puro. ele queria fazer parte daquilo, não importava como.

não existiam internet, redes sociais, google, instrumentos tão fáceis para deixar as pessoas à mão. havia que se descobrir sobrenomes ou endereços e, por fim, percorrer listas telefônicas de assinantes pessoas físicas (só quem tinha linha telefônica podia ter acesso a elas — de novo, o tio *d* foi o meio, sem saber). cinco possíveis nomes nas mais variadas regiões da cidade. mas aqueles olhos azuis valiam a pena. o dinheiro era pouco, porém o garoto já estava acostumado a não comer em nome de coisas que considerava maiores. na terceira tentativa, conseguiu. pegou o ônibus de cor vermelha, o que indicava que iria para algum bairro distante da roça iluminada, e nele fantasiava.

como ele era lindo. *eu sabia que era tanto assim?* e tinha nome e pelagem de galã de novela. ali estava ele, o anfitrião, assustado perante aquela visita, sem absolutamente nada a dizer. *meu deus, de onde surgiu esse garoto?* o objeto da sua admiração não sabia mais reconhecer um amor pueril. *olá, eu sou o..., eu sei quem você é, posso ajudar?* vexame, *h* não tinha nada a oferecer. *ai, que algo me faça sumir daqui, eu não fiz isso.*

não havia maneira de eternizar aquele encontro, como administrar a cafonice, o momento em que levantara a hera e vira que ele mesmo era a princesa que dormia? *ó, pessoa, me ajuda aí.*

onde é o ponto de volta para o centro da cidade? uma água? não, eu estou bem. é claro que não estou, e voltou, para sempre imbuído do orgulho de se saber capaz de encontrar possíveis amantes; e da vergonha da chacota a que seria submetido uma vez que aquilo chegasse aos ouvidos dos conhecidos na roça.

quixote e seus moinhos. havia um nome menos poético para o que estava acontecendo: delírio, patológico mesmo, e ele sofreria de quase todos eles.

a família do garoto tinha um extenso histórico de problemas mentais não diagnosticados. doença mental não era doença, era vergonha. mas, além do garoto com seus delírios, depressão e razoável envolvimento com drogas desde muito cedo, havia em cada ramo da família depressões, suicídios, transtornos alimentares, transtornos bipolar e psicótico e toda uma vasta lista que era ignorada pela maioria dos membros do clã, apenas tachando o doente como pessoa *difícil*.

a solidão imposta ao viver na roça iluminada piorou o estado de *h*. era como se, para ter algum tipo de atenção, ele precisasse se mostrar além do que era para todos. isso normalmente afastava mais as pessoas do que as atraía, mas ele, perdido em sua confusão mental, não percebia. e seguia arrogando-se tudo aquilo que talvez viesse a ser um dia, mas que obviamente ainda não era. um ou outro amigo tentou alertá-lo para o que estava acontecendo, mas ele rechaçou a ajuda. estava de certa forma contente com a vida inventada que morar longe da cidadezinha natal lhe proporcionava. e aquilo não tinha freio.

um médico, por favor.

***

a família do tio *d* era das mais poderosas na cidadezinha natal. proprietários de fazendas, frigoríficos e charqueadas, eram vistos com o respeito oriundo ainda da casa grande & senzala espalhada por pindorama. a ele nunca coube muita coisa, mas esse assunto seria tocado em público somente muito tempo depois. era o tipo de assunto da aristocracia da cidadezinha que nem fofoca se tornava, tal a submissão criada pelo capital. *h* era muito amigo dos verdadeiros sobrinhos do amado tio adotado, mas aquele homem era tão fascinante que tomou-o para si e não houve, nunca, quem o tirasse dele. e o tio *d* adorou. apresentou ao garoto a vanguarda musical nova-iorquina dos anos 80 e cantores independentes do estado deles dos quais *h* nunca tinha ouvido falar; ficou fascinado pelo seu profundo conhecimento de música brasileira; levou-o à sua primeira peça de teatro, *fedra de racine*, com a grande dama do teatro. lá, o garoto ouviu, e nunca mais esqueceu: *quando estás, fujo de ti; mas, se ausente, te procuro*. e a frase pareceu assombrá-lo pelo resto da vida. a simbiose entre o garoto e o tio *d* era perfeita — ou quase. tio *d* era muitíssimo bem-informado, consumidor voraz dos jornais da roça iluminada e da cidade grande. porém, algo desconhecido fazia com que não participasse de nada, apenas falasse a respeito. já o garoto, de orelha em pé, ia a tudo. onde o admitissem, claro.

uma dessas dicas culturais marcou fundo. era domingo. a roça ficava ainda mais modorrenta do que durante a semana e o garoto revirava a seção *livre* do jornal na casa do tio *d*. um nome chamou sua atenção: *eu só quero que vocês me amem*. e lá foi ele rumo ao primeiro filme daquele que viria a se tornar seu cineasta predileto. e justo essa película ser a primeira dele que o garoto viu deixou marcas indeléveis.

o tio *d* via com certa apreensão o modo com que *h* se comportava socialmente. a insegurança o arremessava na direção oposta de uma aproximação ao lidar com as pessoas e o pedantismo exagerado se derramava sobre quem quer que o cercasse. a solidão não ia melhorar daquela maneira. o garoto tinha ciúmes de quem quer que se aproximasse dos que considerava seus amigos e era atroz com tais pessoas, muitas das quais só queriam mesmo saber dele, de sua história, de por que morar sozinho numa pensão aos catorze anos de idade. ele não deixava. seguia *causando mal nenhum a não ser a si mesmo*. tio *d* queria dar colo, mas não sabia, tinha tido uma criação tão difícil ou mais até do que a do garoto. ainda eram duas crianças abusadas e com medo. mas, no fundo, sabiam que tinham um ao outro e que, embora parecesse muito pouco perante o olhar dos de fora, eles, sim, sabiam que somente as duplas em fina sintonia venciam os maiores obstáculos.

9

there's no place like us anymore. a frase que começava a parceria que *h* estabelecera com a amiga argentina que tinha a voz rouca e rasgada como a da maior cantora de blues dos anos 60 ressoava pelo bar onde no máximo trinta pessoas se espalhavam. mas isso não era problema. ele estava lá, na ilha velha com que tanto sonhara e, agora, era, mesmo que para poucos, um artista.

o caminho para chegar até ali tinha sido doloroso e torto. *a long and winding road.* depois da morte de *m,* que não pudera acompanhar nem ir ao velório ou ao enterro sob ameaça da família de ser espancado, ele perdeu todo tipo de prumo que ainda restava. o álcool, as drogas e as irresponsabilidades se apossaram de sua vida. além da perda da única sensação real de amor que já havia experimentado, o rapaz perdeu o desejo de seguir construindo qualquer coisa que estivesse ao seu alcance, tudo era só fúria destruidora causada pela dor que sentia e dominava seus atos e palavras.

passou a ser extremamente desagradável. e pessoas desagradáveis não faltam neste mundo, então logo ele tinha uma turma de desagradáveis ao redor, mas que nem de muito longe chegavam ao seu nível de crueldade. era belo, sim, e usava a beleza para espezinhar e maltratar os seres humanos que por ele se sentissem atraídos ou atraídas. brincava com os supostos *namorados* que teve desde a morte de *m* como se fossem brinquedos descartáveis, gomas de mascar cujo doce sugava para jogar depois a massa descolorida e disforme na sarjeta.

com a família, a relação degringolou mais. e mesmo não tendo certeza absoluta de que contraíra a doença de *m*, pois se negava a fazer exame, algo dentro dele dizia ser impossível que os bichos escrotos já não andassem dentro de si, corroendo-o aos poucos. foi um ano e meio de amor físico e transcendental que os uniu, ele e *m*, diariamente — era realmente impossível que saísse ileso. dissera aos pais que iria à ilha velha atrás de tratamento; chorou, esperneou, ameaçou e conseguiu.

e foi exatamente lá que perdeu todas as estribeiras. um surto de esquizofrenia se apoderou do rapaz, ou um longo episódio de mania da síndrome bipolar não diagnosticada. fato é que começou a viver muito além do que a mesada e os bicos que arrumava em cinemas, bares e telemarketings pela capital da ilha velha poderiam sustentar. e ele não se dava absolutamente conta disso. sem falar das histórias inventadas para impressionar o povaréu ao seu redor, mas que atuavam como se fossem reais na sua cabeça, como a farsa de ser cantor popular em pindorama. chegou a ir a imobiliárias da aristocracia inglesa se passando por milionário e a visitar apartamentos para alugar à beira do tâmisa quando seu salário nos cinemas girava em torno de oitocentas libras.

voltou ao brasil para férias de fim de ano trazendo a tiracolo uma de suas primeiras professoras de inglês e encontrou a família desmontada financeiramente. haviam perdido quase tudo. vendida a casa em que moravam quando ele viajou, com mil e duzentos metros quadrados de área construída e um excesso esnobe de luxo, viviam agora sobre a oficina de um torneiro mecânico, ao lado do ribeirão que recebia o esgoto sem tratamento da cidade num bairro da cidadezinha natal do rapaz que poderia talvez ser chamado de *bairro industrial*, onde o zumbido de caminhões, máquinas e betoneiras era incessante. Ele não se conteve: *o tombo foi feio, hein?* a mãe e o pai calados.

ainda em seus delírios esquizofrênicos ou maníacos, não quis saber. *quem falou que não pode ser, eu posso tudo!* pegou o carro de luxo que sobrara na garagem dos pais sabe-se lá por que e saiu em turnê pelas cidades históricas de minas, rio de janeiro e são paulo com a amiga da ilha velha. eles se divertiam horrores enquanto a situação não estava nada divertida na casa da família. era uma forma de dar o troco. podia não ser consciente, mas estava sentindo um pouco do gosto da vingança fria servida ao seu bel-prazer. ficou uns três meses por pindorama, encontrou a amiga louquinha da faculdade por acaso numa feira de variedades e a convidou para ir morar com ele na ilha velha como quem convida para ir a um cinema. e ela, que acabara de sair do trabalho que tinha conseguido através do curso completo da faculdade e estava passando também por um terrível momento psíquico, aceitou como se fosse mesmo um cineminha no espaço unibanco, a três quadras dali. *então nos telefonamos e combinamos a data melhor*, disse *h. vou na frente e já vou ajeitando as coisas para nós*. e foi assim que *r*, que já havia morado duas vezes na ilha velha, resolveu ir com o rapaz sem data para voltar, como quem toma uma coca-cola, ou, no caso dela, uma taça de vinho.

o rapaz voltou com a amiga inglesa para a ilha velha e fez como prometeu. achou uma casa bonita no subúrbio moderninho da cidade e a deixou pronta para a amiga louquinha chegar e dar o seu aval. e, logo mais, estariam os dois morando na casa de vila com jardim e garagem, um quarto para cada, ela estudando numa escola internacional de cinema e ele pipocando de curso em curso de pós-graduação sem terminar nenhum, trabalhando nos bicos que conseguia para bancar suas despesas mais insignificantes e desfrutando dos prazeres que a ilha velha podia proporcionar, que, definitivamente, não eram poucos.

por dentro, a dor não o abandonava. Sentia a cada segundo a falta de *m* e não sabia lidar com aquilo a não ser sob o efeito da sagrada tríade: sexo, drogas e rock'n'roll. não economizou em nenhuma delas, embora o último componente fosse trocado muitas e muitas vezes pela amada música brasileira, como aquele compositor baiano que *vez em quando, quando me sentia longe dava por mim puxando o cabelo, nervoso querendo ouvir celly campelo pra não cair naquela fossa...*

r se envolveu muito com o curso tão sonhado de cinema e mal parava em casa. *h* sentia-se sozinho e uma depressão séria começou a se abater sobre ele. das festas modernas que frequentava até então, com fins de semana em claro à base de vários aditivos, migrou para o tapete da sala comendo, dormindo, lendo, fazendo tudo por ali, sem a mínima força para levantar e procurar por um sentido, por mais mesquinho que fosse, para a vida. *r* não percebia isso na correria diária casa-escola-pub, ou não queria perceber.

até que um dia, algo como um cobreiro surgiu no dorso direito de *h*, assim, quase imperceptível, uma alergia talvez?

ele esperava que passasse, comprou algumas pomadinhas aleatórias na farmácia e continuou a vida vegetativa no chão da sala. o cobreiro só crescia e começava a doer. *h* não tinha passaporte europeu e, portanto, não tinha direito ao excelente serviço público de saúde da ilha velha. mas, através do macunaíma que trazia em si, perguntou a um amigo inglês como era o número da carteira que ele devia apresentar em hospitais, quantas letras, quantos números, qual a ordem. então criou uma sequência com dígitos escolhidos a esmo e seguiu para o melhor hospital público da cidade. ao chegar lá, perguntaram o número, ele disse, foi atendido.

herpes zoster. atacava pessoas com o sistema imunológico muito abalado. *m* tinha tido. e tomara boa parte de seu corpo. era horrível. ardia por fora e doía por dentro. o doutor prescreveu os remédios, que sairiam de graça, era só pegar na farmácia do hospital na saída da consulta (neste momento, ele se sentiu tanto em pindorama!), e passou um pedido de exame, justo o que ele temia fazer há três anos. saiu de lá com os remédios e o papel e, ao passar pelo primeiro lixo, jogou o pedido de exame fora. acabou a brincadeira. vinte quilos a menos e as doenças oportunistas começando a se manifestar. estava na hora de voltar para o que lhe fora convencionado chamar de casa. *bancar o filho pródigo a essa altura é demais para mim. mas foi o que me restou.* os responsáveis por ele naquele momento de fraqueza absoluta deveriam ajudar a resolver. mesmo que ele não se sentisse bem agindo assim, era a única saída. pindorama, aqui me tens de regresso.

***

r se divertia bastante com *h* na época da faculdade. embora ambos soubessem que estavam numa instituição e curso em nada parecidos com eles mesmos, tinham um ao outro para cometer pequenas loucuras e chocar os colegas caretas e ainda botavam banca para primos e amigos deslumbrados por fazerem o curso considerado o mais difícil da área administrativa em toda pindorama. detestavam noventa por cento das matérias. marcavam de estudar juntos e sempre terminavam ouvindo música, recitando poesia ou, apenas, dormindo mesmo. seriam talvez mais felizes se tivessem a determinação de *a*, que viria a se tornar uma das maiores executivas do país... mas estavam com sono. *se não estou enganado, lá por aquelas bandas do mundo chamam isso de* trade-off.

o rapaz abandonou a faculdade depois da morte de *m* e a amiga louquinha, atrasada em alguns semestres, se formou. depois, se perderam. ele foi para a ilha velha e ela se meteu em um *tailleur* e foi brincar de mulher de negócios. mas a brincadeira custou caro ao seu inconsciente. quando deu por si, tinha desenvolvido pânico de alta intensidade e não poderia mais continuar a bancar o que não era. a família entendeu. ela deixou o trabalho e começou uma vida de *bon vivant* até decidir o que faria dali em diante.

jamais imaginou encontrar o rapaz naquela feira de bugigangas. não apenas encontrou como, em meia hora de conversa, decidiu o rumo da vida para os três anos seguintes dando uma incrível volta nos pais para viajar para o velho continente com a mãe e a tia e só lá avisou que não voltaria. a família concordou. ou fez que concordou para ter um problema a menos por perto. *cachorro, gato, titia.*

quando deu por si, estava morando na mais moderna área da ilha velha tão tradicional com um amigo que não via há três anos e sem ter a menor ideia de por onde começar sua odisseia até a escola de cinema. *r* nunca tinha convivido com o rapaz a não ser na faculdade, então não sabia de seu gosto por substâncias aditivas nem de seu temperamento agressivo, que piorara muito depois da morte de *m.* o jeito era se adaptar. ele era, ao mesmo tempo, engraçado e carinhoso na medida certa.

logo, ela descobriu como era o processo de seleção e foi admitida no curso. ficou ocupadíssima e não percebia o rapaz e sua saúde física e mental indo ladeira abaixo. brincou com a situação dele, sempre jogado no colchão de ar na sala, rodeado por cigarros, bebidas e alguma comida industrializada. colocou apelido. experimentou arrancá-lo daquele estado. discretamente quis diminuir a promiscuidade em que ele se metia quando saía da pocilga. sem efeito. tentou o quanto pôde. assim, problema por problema, ela já tinha os seus e resolveu se ausentar um pouco daquilo tudo e não ver o que estava na cara. começou a ficar mais e mais tempo fora de casa com amigos da faculdade de cinema. o rapaz alternava períodos de euforia e depressão.

ele viajou para pindorama numas férias e ficou por lá três meses sem fazer nada, vivendo a vida de playboy que ainda achava que tinha (se é que um dia realmente a tivera). voltou animado, mas em uma semana se enfiou no colchão de ar de novo. teve uma doença de pele, estava magro... coisas da depressão, enfim, *r* pensava. então, ele decidiu voltar de vez para pindorama. não sabia o que ia fazer, mas não podia mais ficar na ilha velha. não conseguira construir uma vida por ali. esperou o aniversário de *r* chegar e viajou no dia seguinte. ela se despediu dele morta de ressaca se desculpando por não acompanhá-lo ao aeroporto. ele se despediu dela achando que talvez nunca mais a veria. o táxi. o check-in. o avião. lágrimas turvas que o impediam de ver a paisagem pela janela minúscula da aeronave. talvez nunca mais te veja. achava triste estar só e sem lar. e duvidava que tivesse conserto.

10

fazia tempo que o rapaz não tinha notícias de *p*, um amigo da faculdade. ele havia mudado de curso, a vida ia atropelando, os relógios biológicos eram diferentes, interurbano era caro, a latente homofobia internalizada de *h* fazia com que ele, de tempos em tempos, desaparecesse, a estada na ilha velha... mas, agora, o rapaz precisava (novamente) muito dele, as vinte e quatro horas para achar um teto estavam se esgotando, *h* tinha de ligar, ia ligar, ligou.

a cumplicidade e o aconchego ainda estavam ali. agradeceu ao deus em que não sabia se acreditava. desde a primeira comunhão, aqueles dogmas não o pegavam. tentou se entregar a várias outras crenças, mas só o que restou foi a aceitação de seguir sem fé. a conversa fluiu, ficaram sabendo um do outro, o amigo estava num trabalho burocrático para bancar as contas, não morava mais com os pais, dividia apartamento com a namorada nova, *g*, e, sim, claro, teria prazer em hospedá-lo.

a consulta com a médica do namorado morto estava marcada para o dia seguinte e, se algo deixava o rapaz aflito, mais do que a possibilidade de não ter onde ficar, era aquilo. a conversa no corredor do hospital, os recados nas secretárias, parecia que ela tinha o poder de deixá-lo mais frágil.

ela era daquele tipo de médico em que um mínimo de sutileza não cabia e tinha, sim, sempre muita pressa. emoção não convinha, nem a ela, nem ao paciente. passaram-se mais de quatro anos desde o último encontro, quando ela despejara sobre ele a verdade em que ele não queria acreditar. agora, seria sua vez.

insistiria ela no corte seco? no passado, em menos de dez minutos ela tinha vomitado sobre ele, sem o menor tato, duas verdades indizíveis, o horror além do horror, o fim do que mal começara e a impossibilidade de começar de novo. e, depois, num recado na secretária eletrônica do rapaz, deve ter se alongado um pouco mais, coisa de dois minutos, para comunicar que o namorado provavelmente morreria naquele dia.

o rapaz queria mesmo tornar a vê-la? escolha não era bem algo que ele tivesse agora. encara. vai.

nossa, demorou, hein? essas foram as boas-vindas da médica do namorado morto. como se dissesse que estava pronta para lhe transmitir os azedos boletins de saúde com um quase-sorriso sádico por detrás. eu deveria ter procurado outro médico, tantos por aí, mas já foi, aqui estou. nunca entendera bem mesmo o que fazia os médicos se sentirem tão deuses assim. e invejava também a capacidade que tinham de encarar, de pé, todas as vezes que a morte demonstrava que não eram deuses. saiu da consulta com o dever de arrancar do minguado corpo vários tubos de sangue para poder perscrutar, até onde era possível, a real situação.

pegou um táxi no insuportável horário do rush da cidade grande e deu o endereço da casa do amigo da faculdade. não sabia o que era pior, se o ar putrefato dos escapamentos dos ônibus e carros ao manter a janela aberta, ou se o pagode com letra de duplo sentido que ficava plenamente audível se a fechasse. daria para pedir para desligar sem soar arrogante e amargo? a falta de talento em se comunicar com estranhos o impedia de pedir que o motorista trouxesse o silêncio de que precisava ou, ao menos, abaixasse um pouco o volume. optou pela janela aberta. ainda não tinha noção do estado dos seus pulmões.

desceu do táxi, pediu ao porteiro que interfonasse para o 84.

estalo de um portão.

situação de gaiola.

estalo do outro portão.

era novidade para ele o portão duplo.

o país cada vez mais por um fio.

ao sair do elevador, lá estavam os dois anfitriões à porta esperando por ele com um leve sorriso de boas-vindas e um abraço para aquecer a noite de agosto que ainda não se decidia pelo inverno ou pela primavera. *g*, a namorada, era de uma candura e de uma sinceridade nos olhos que o desarmaram imediatamente. a impressão era de que ele já havia estado ali. melhor, de que nunca tivesse saído. uma casa, enfim. mas não duraria, parecia ser essa sua sina.

tosse. mal entrou no apartamento e o rapaz teve um acesso de tosse que parecia interminável. as pequenas pausas serviam apenas para que ele de novo se engasgasse no nada, num susto que crescia na mesma medida que a tensão dos músculos abdominais, que se contraíam. *p* e *g* se ofereceram para ajudá-lo a ir ao banheiro, um pouco de água fria na nuca e na testa, quem sabe? e no imaculado branco do recinto, teve outro acesso de tosse e eles viram, aturdidos, manchas vermelhas espalhadas pelas toalhas, pia, espelho, chão e ainda um fio pendurado no canto da boca do rapaz. pronto-socorro. carteira de seguro-saúde. medo de não aceitarem, não sabia muito bem se a carência de dezoito meses já tinha passado.

hospital-frigorífico. pessoas trêmulas de frio ficam ali no ambiente branco-esverdeado, ou azulado, expostas aos dez graus celsius que o ar-condicionado parece estabelecer. recebeu uma pulseirinha vermelha. *vermelha é a cor da maçã, vermelho é o ferro incandescente, vermelho é o inferno e o diabo, vermelho é o olho chorando.* urgências.

interno. perdia a roupa, perdia a voz, perdia a liberdade e a coca-cola. entre hospitais e prisões, qual era a sutil diferença? a vista é bonita, admito. um jardim interno se abria para o rapaz enquanto enfermeiros entravam e saíam com comprimidos e perfurações de veias vazias de sentido.

o amigo e a namorada praticamente passaram a noite em claro resolvendo burocracias depois do diagnóstico de pneumonia nos dois pulmões e talvez mais alguma outra complicação que um exame já estava checando. exaustos, saíram ainda no fim da madrugada, a tempo de se aprontarem para o trabalho. para o rapaz, deixaram a tarefa de ligar para a família e dizer o que estava acontecendo e que alguém devia vir da cidadezinha natal para acompanhá-lo. *eu não quero, mas devo. restei aqui, talvez morrendo.* lá fora, nascia o dia. *vermelho é o céu em chamas.*

***

desde que se conheceram, nos seus desabusados dezessete e dezoito anos, *p* gostara imediatamente de *h*, mas, ao mesmo tempo, sentia nele uma desmedida necessidade de se autoafirmar que precisava passar por um bom divã para sua desconstrução. *p* tivera uma vida até então totalmente no contraplano da vida de *h*. era descendente de família quatrocentona, os pais eram do ramo da família que lutara contra os abusos da ditadura militar em pindorama; estiveram nos levantes da maria antônia, participaram de aparelhos juntamente com boa parte da juventude que traria à luz muitas das pessoas que geririam o país a partir da redemocratização. *p* notava como o rapaz se espantava e logo se recompunha e tentava fingir naturalidade a cada vez que esbarravam em um desses figurões, fosse na cidade grande, na casa da praia ou na casa da montanha. percebia que uma boa fatia do que o rapaz pensava ser matéria de apostila de colégio apenas caía bem na sua frente, assim, do nada. e *h* tinha agora que lidar com esses dois mundos: o da sua origem e o da família de *p* sem se estilhaçar em mil pedaços, posto que a dor oriunda do que não conseguisse ser a partir dali só fazia aumentar no contraste com tudo o que não pudera ser até então.

foram, contudo, seguindo cada vez mais juntos e um sentimento de fraternidade surgiu entre os dois, apesar das personalidades um tanto quanto díspares. na hora dos estudos, seguiam juntos, mas, na hora da *sessão coruja,* o rapaz gostava mesmo era de se juntar ao pai do amigo, um coroa sensual e cheio de histórias para contar, além da divisão de psicotrópicos os mais dissemelhantes entre eles. e, acima de tudo, houve o verdadeiro apoio da família quando *m* morreu, cuidando de *h* durante o luto até o limite que ele permitiu.

desfrutaram felizes dessa convivência. e, depois, por um detalhe aqui, um esquecimento lá, acabaram se distanciando aos poucos, embora pouco não fosse uma palavra que se aplicasse ao que sentiam um pelo outro.

de repente, o telefone. uma voz razoavelmente fraca e entrecortada por muitas tosses trazia, numa só tacada, o rapaz de volta para a vida de *p*. claro que o receberia em casa. sabia dos tempos estranhos que tinham sido os anos 80 e 90 até ali. acompanhara muito de perto amigos da família e celebridades de então sucumbirem à nova doença.

ele chegou num dia à tarde, no lusco-fusco. parecia ter emagrecido uns bons quilos desde que o vira pela última vez, o cabelo estava ralo e a pele, ferida. mas os olhos brilhavam tanto quanto ou mais até do que antes. o amigo e a namorada o receberam com toda devoção que se pode dedicar a um hóspede. porém, mal entrara, ele teve vários acessos de tosse e acabou por ensanguentar o banheiro. era preciso um hospital imediatamente. mas quem se responsabilizaria por ele? não importa, vamos. burocracia para dar entrada, mas ele já estava sendo cuidado. algumas horas de pronto-socorro para ecoar o veredito: internação. ficaram, *p* e *g*, até o dia amanhecer. saíram de lá com o firme propósito de fazer com que os responsáveis legais assumissem *h* de uma vez por todas. mesmo que resvalasse numa derrota para ele, tendo de se humilhar mais uma vez para que viessem ampará-lo. *minhas vísceras pela boca, sangrando e cheias de vida.*

sem fim

nota do autor: espalhados pelo texto, em itálico, há trechos da mais significativa (para mim) poesia musical que embalaram os vinte e sete anos que este livro percorre. agradeço e nomeio aqui os autores e intérpretes citados: novelli, cacaso, nana caymmi, nico rezende, paulinho lima, zizi possi, chico buarque, caetano veloso, frejat, cazuza, maria bethânia, dori caymmi, paulo cesar pinheiro, marina lima, antonio cícero, lobão, joão bosco, aldir blanc, simone, beto guedes, ronaldo bastos, milton nascimento, dalva de oliveira, marília pêra, adriana calcanhotto, buck ram, paul mccartney, rita lee, paulo coelho, gilberto gil, toni belloto, arnaldo antunes, vange leonel e cilmara bedaque.

posfácio

thais rodegheri manzano

O uso da língua é a chave principal da literatura, não os temas ou os assuntos, como diz Julián Moreira. Tudo está, tudo é em palavras. Imaginar uma história não é difícil, o difícil é escrevê-la. Em *Sem fim*, entre outras coisas, o que chama a atenção do leitor é a linguagem muito hermética no "Quase prólogo", que obriga a releituras. Mas há várias, e curiosas, indagações que o texto propõe ao leitor. A começar pelo título, um paradoxo irônico, pois, com exceção de Jeová e de alguns outros deuses, nada é "sem fim". Mesmo que não seja um *The End* tradicional, será um fim.

A epígrafe é extraída da antiga cantiga de crianças *Escravos de Jó*, que se entoava enquanto se passava, numa roda, de mão em mão, uma pedra ou saquinho com feijão, numa circularidade infinita. Até que a mãe chamasse: Almoço! ou algo semelhante, e a brincadeira fosse interrompida, tendo um fim.

O prólogo é um "Quase prólogo", já que é para um quase texto, que se propõe não ter fim. Quem se expressa? O protagonista não identificado se impõe ao leitor, pois é a única voz a se escutar, imersa em seu monólogo perturbado e perturbador. Alguém que se diz "medo", alguém que sente "pavor", que se sente ameaçado por algo que, se se juntar a ele, talvez jamais se aparte dele: "eu tenho medo. eu sou do medo. o que é isso vindo lá de trás, lá da frente, lá de baixo, lá de cima? como vai bater em mim [...] como vai se aninhar em mim? [...] e. muito mais – pavor – como vai se apartar de mim, se eu deixar se juntar a mim"?

São frases curtas, com pouco fôlego e que deixam o leitor também sem fôlego. Com verbos indicando a expectativa apavorante de uma possessão por algo que é ainda mais aterrador porque imprevisível, podendo vir de qualquer parte, de trás, de frente, de baixo, de cima... Quer dizer, está dentro dele, já se apossou dele, como indica o "eu sou do medo". Daí a dificuldade de se livrar daquilo. Teria que se livrar de si mesmo. Mas ele está preso em seu labirinto, como demonstra o fim; "e ficar voltando, reafirmando, reconstituindo, remodelando, reinventando, regurgitando, redigerindo, indo, indo, ando, ando, para quê"?

É terrível! Induz a pensar em um Kafka pós-moderno, complexo, assustado como o protagonista de *A construção*, que teme o mundo e se esconde de alguma ameaça aterradora que irá invadi-lo. Seria um Kafka psicologizado, mantendo, porém, a angústia existencial metafísica.

Até certo ponto do texto, o protagonista seduz com a complexidade de sua mente, prometendo profundezas sedutoras. Mas aí se cai na concretude da mais banal das realidades cotidianas do mundo contemporâneo: as redes sociais. Que surpresa! Ele teme isso? A invasão das tais das redes? Seja como for, trata-se de um ser enclausurado em seus tormentos. Seus pensamentos são confusos, como são os de todos os dominados pelo medo e a ansiedade; o protagonista está perdido em divagações que giram sem rumo, que o afastam ainda mais do mundo concreto e aumentam a aflição. Seu monólogo termina com os infernais círculos labirínticos das mentes obsessivas: "e ficar voltando, reafirmando, reconstituindo, remodelando, reinventando, regurgitando, redigerindo, indo, indo, ando, ando. para quê?"

Um texto literário é sobretudo forma, uma maneira de escrever. O texto de *Sem fim* aproveita bem as possibilidades da língua e do ponto de vista para oferecer o retrato de uma mente conturbada, de forma a inquietar o leitor, que se sente sufocado por sua angústia. Pode-se, porém, imaginar, sem perder nada do brilho da escrita, uma maior clareza na exposição das ideias, para que seja possível compartilhar melhor o que se quer dizer. Afinal, escreve-se para se comunicar. Um texto denso, dramático e que expõe uma dor agressiva, como esse, perde muito de seu efeito se não for mais do que "sentido". Mas é claro que se trata de uma escolha e, como tal, há que se respeitar.

Samba Lelê tá doente/ tá com a cabeça quebrada é uma epígrafe que resume as narrativas seguintes. Com narrador onisciente na terceira pessoa, a mesma situação é vista de dois pontos de vista diferentes, o de um jovem doente e o de sua irmã. Na primeira, angústia, revolta contra o corpo que trai e medo do fim entremeiam um texto bem estruturado, que expõe claramente as circunstâncias da vida do protagonista e compõe seu caráter. O fim hamletiano é ótimo: "e as vozes vão se abaixando cada vez mais, talvez por elas se distanciarem, ou talvez ele. as pálpebras fecham e vem o seu dormir, talvez sonhar". Inicia-se com um *mezzoforte* que vai se apagando em *piano* e termina por se diluir em *pianissimo*! Dormir, talvez sonhar, por que não morrer?

Na visão da irmã, os acontecimentos se repetem, mas é claro que a percepção é outra. Revelam-se mais dados do caso para o leitor sobre a doença do rapaz, suas relações problemáticas com a família – confirmando o que ele sentia – sua fragilidade, sua consciência e temor do fim que se insinua. O leitor tem uma visão confiável do que acontecia.

Muito criativa a forma como se denomina a protagonista no texto seguinte: a "irmã", para indicar a circularidade da história. Não se sai do tema, ele é apenas visto de outro ponto de vista. O fim, conciso, simples, é muito eficaz em sua irônica, e inocente, crueldade: “vamos deixar como está, na hora do almoço a gente tenta tirá-lo de lá”. Os dois focos permitem ao leitor reconhecer a ironia dessa frase.

Os textos são muito bem escritos, com uma rica gama de recursos no manuseio da língua, tratada com estilo próprio. Evidencia-se uma certa volúpia no hermetismo da introdução.

A narrativa tem uma linguagem rica, imitando a naturalidade da falada. Falsa naturalidade, porém, porque é muito elaborada, meditada, cinzelada. Apesar desse polimento, a leitura segue fluente, sem dificuldades. Narrados na 3ª pessoa onisciente, nos capítulos II, III e IV os diálogos – poucos – e as descrições são vistos pela perspectiva da consciência que o narrador segue. Pai e filho antagonistas são presenças marcantes. Uma das figuras mais instigantes, a mãe, permanece uma incógnita. “Mãe calada” é o motivo condutor de um episódio cruel. O que pensará? O que sentirá? Por que não defende o filho? Há várias questões que seu comportamento levanta. Até aqui, sem respostas, se é que as haverá.

O pano de fundo, discretamente apresentado, é a época sombria da ditadura militar, com seus exílios, torturas e, posteriormente, retornos. Há algumas poucas frases com críticas genéricas às mazelas eternas do país. Trata-se, de fato, da vida numa cidade de interior, cercada por montanhas que, apesar de reais, compõem uma espécie de metáfora ambiental das mentalidades estreitas de seus habitantes, como salienta o texto. A narrativa segue em ziguezague temporal e espacial, na rememoração do passado e apresentação do presente. Uma de suas qualidades é que, apesar do vaivém, não há rupturas no discurso narrativo. As passagens são fluentes e orgânicas. Há uma curtíssima intervenção metalinguística do narrador, ironizando uma escolha sua.

A vida familiar do protagonista é dramática, cheia de tensões e injustiças. A prima observa que "a violência naquela casa era de partir o coração". Tudo é superlativo, com exceção de amor e carinho, que faltam. Não há nenhum entendimento real entre pais, filhos e irmãos. Na infância, os momentos de felicidade são as reuniões com tios e primos e as visitas ao sítio do avô materno, um homem tosco, porém amoroso.

O protagonista é delicado física e psicologicamente desde o nascimento. O pai sente aversão dele por causa de sua fraqueza, inesperada, segundo ele, e decepcionante em filho homem. Para ele, fraqueza é coisa de mulher. Daí as punições brutais e a incapacidade de afeto. Diminuído pelo pai, negligenciado pela mãe, o menino cresce e sonha com a liberdade longe da família e da cidadezinha. Saberá lidar com ela? O leitor já o encontra, no início, adulto, vivendo as dificuldades do presente enquanto repassa as do passado.

É um personagem muito bem construído, de corpo e personalidade, consistente em suas marcantes deficiências físicas e traumas emocionais. Sua aparência é penosa. A isto se acrescenta seu gosto macabro pela apreciação dos detalhes bizarros de seus incômodos. Choca o fato de alguém tão doente, e não só fisicamente, necessitado de tantos cuidados, ser ignorado, quando não maltratado por todos, à exceção da irmã, como se vê no início da história. Não se tem acesso ao que o protagonista, na infância, sentia nos momentos em que era vítima das injustiças e punições do pai. Adulto, ocorre o oposto: é ele quem inicia a narrativa, com uma dolorosa consciência de seu lamentável estado físico. Na adolescência, a relação difícil com o pai se complicou e os desentendimentos e punições se sucederam. Talvez este o tenha deixado partir por sentir alívio vendo-se livre dele.

Veremos como se sairá na "roça iluminada".

Da infância para a adolescência, nada se modifica na via dolorosa do protagonista. A cidadezinha insuportável, com suas maledicências e preconceitos, assemelha-se, em certos trechos da narrativa, à caricatura de um reformatório infantil. A dureza e a incompreensão da família, o assédio moral, a mãe calada, o desconforto físico e psíquico do protagonista – tudo segue um script dramático. Experiências amargas encontram um repouso, enfim, quando *h* é apresentado, muito cedo, muito ingênuo, e por acaso, às drogas. Perspectivas se ampliam. Luzes iluminam cantos escuros de sua consciência. Seus sentidos se aguçam, até o que de mais feio que existia se colore, os maus tratos e o desprezo da família, tudo se torna "mais leve e possível de suportar". Os medos, ainda que provisoriamente, desaparecem. O vício é o preço leve a se a pagar pelo alívio. Adolescente aplicado nos estudos e sempre o primeiro da classe, *h* torna-se, no entanto, a companhia a se evitar, a má influência que os pais não desejam para seus filhos. Agressivo como autodefesa, o protagonista sofre a perda de um de seus únicos consolos, quando o avô querido morre. "Uma cratera se abre no deserto sentimental do garoto". A homossexualidade se esboça, mas ainda é cedo e a cidadezinha é o lugar inadequado para assumi-la.

O pai selvagem, incorrigível, jamais surpreende. É sempre o mesmo personagem, "íntegro" em sua brutalidade. Espanca, humilha, fere. Certo dia, enquanto *h,* sozinho em casa, escuta uma cantora alemã, como pano de fundo de uma cena quase teatral, e bem descrita, ouve gritos agoniados. É ela, a mãe calada! Sem voz para a defesa do filho, clama por socorro para si, do marido que a tortura. Não se creia que *h* correrá em seu auxílio. Amedrontado, encolhe-se, recolhe-se. Dias depois, observa, em silêncio, o retorno do pai, de volta da casa da filha, onde se refugiou. Chegou e, sem pedir desculpas, ele "simplesmente se deitou sobre a cama e sobre a mãe". Ela, calada...

Ao chegar ao fim da adolescência, *h* parte para a cidade grande. Como todos os provincianos ingênuos, é seduzido por suas luzes, sua velocidade vertiginosa, suas multidões e o conforto do anonimato. Desfilam pelo texto as décadas de 1980 e 1990. *h* delicia-se, vive suas modas e seus costumes. Anos aparentemente fáceis. Nos bastidores, entretanto, silenciosamente de início, depois com estardalhaço, a aids fazia suas devastações. *h* dela não permaneceria distante. Pois o inesperado há tanto esperado não se fez tardar. A paixão, enfim, e, repetindo todos os clichês românticos, pelo "homem mais lindo do mundo". Que não se fez rogar. Enfim, liberdade, sexo, felicidade, intensidade de experiências. Vida vivida. *h* não teria como prever, porém, que aqueles momentos tinham horas contadas. A chegada do antigo e indesejado companheiro de Eros, Tânatos, conclui essa parte de sua história. Porque doença e perda dramática, nada se deixa de fora da narrativa de *h*.

Sem sentimentalismo e sem excessos melodramáticos, com personagens verossímeis, representação dura, mas convincente, de vivências dolorosas, paixão intensa, momentos de felicidade, ótimas cenas, linguagem seca e direta, com alguns laivos de ironia, muitas frases curtas e poucas descrições, assim segue a odisseia de *h*. Dos anos de 1980 e 1990 são apresentadas apenas experiências pontuais, sem uma ampla perspectiva.

Como se chega ao fim de algo que se propõe não ter fim? No início, há um prólogo que não aceita ser prólogo. Uma mente assustada e contraditória vomita sua dissonância interna em confusos ruídos. Não é uma voz lógica; não há frases com sentido cristalino seguindo-se umas às outras, perseguindo-se e entrelaçando-se para oferecer algo que se aproxime de um significado. É, apesar disso, e por isso mesmo, a expressão mais clara de uma cacofonia contraditória. Depois, vem o começo do que não era ou não deveria ser o começo com um jovem muito magro, muito doente, muito revoltado e muito amedrontado. Há uma ferida que sangra, que apavora e uma revolta que explode no insulto aos que o rejeitam. No fim que não é fim, depois de uma aventura labiríntica, intensa e dolorosa, retorna-se ao início e é então que tudo se completa, se explica, toma forma e sentido. Também o protagonista fecha o círculo; retorna para casa, a casa que não era mas é a sua.

Não são necessárias palavras finais. Ainda que fugindo de seu fim e para isso terminando com o casal de amigos que o acolhe em estado lastimável, sabe-se o que o espera e o apavora. O mesmo que colhera sua paixão, cuja perda o levou a uma "fúria destruidora". Ele não se furtou a nenhum excesso, a nenhuma experiência, a nenhum gozo e a nenhuma dor. Mesmo lá, na distante Inglaterra, para onde foi, não encontrou conforto para seu sofrimento. O antigo roteiro de sexo, drogas e rock ofereceu apenas algum alívio. A depressão, porém, o abateu e ele se abandonou. Largado no chão, é como se concretizasse uma metáfora: "migrou para o tapete da sala, comendo, dormindo, lendo, fazendo tudo por ali, sem a mínima força para levantar e procurar um sentido".

Seu epitáfio poderia ser: inventou-se, mas "perdeu a mão na construção de seus sonhos".

o autor

hugo casarini

Nasceu em Minas Gerais. Adotou São Paulo como sua cidade-mãe há mais de trinta anos. Formado em letras pela USP, estudou também administração de empresas na FGV. Trabalha como tradutor e na área do audiovisual e do teatro desde 1998. Não se cansa nunca de estudar; fala cinco línguas e ainda quer outras. Também é pai da Beatriz. *Sem fim* é seu primeiro livro. Contato: hcasarini@uol.com.br

Edição Bruno Zeni
Preparação de texto Cláudia Ribeiro Mesquita
Capa e projeto gráfico Sílvia Nastari

Fotografias André Penteado

Dados Internacionais de Catalogação na Publicação (CIP)
(Laura Emilia da Silva Siqueira CRB 8-8127)

Casarini, Hugo.
Sem fim / Hugo Casarini; imagens, André Penteado; capa e projeto gráfico, Sílvia Nastari; prefácio, Maria Rita Kehl; posfácio, Thais Rodegheri Manzano. 1ª ed. — São Paulo: Editora Quelônio: 2021.
128 p.; 18 x 18 cm.

ISBN 978-65-87790-19-0

1. Ficção: Literatura brasileira 2. Literatura brasileira: romance
I. Casarini, Hugo II. Penteado, André III. Nastari, Sílvia

13-20218 CDD 869.93

Índices para catálogo sistemático:
1. Ficção: Literatura brasileira
2. Literatura brasileira: romance 869.93

Editora Quelônio

Rua Venâncio Aires, 1072
Vila Pompeia
05024-030
São Paulo - SP
www.quelonio.com.br

ISBN: 978-65-87790-19-0

9 786587 790190

acesse a playlist das
músicas de *Sem fim*

As imagens deste livro são de autoria do fotógrafo André Penteado. As fontes utilizadas são Trade Gothic e Orbitron. Os papéis são ColorPlus Tóquio Telado 240 g/m², Cartão LD 250 g/m² e Pólen Soft 80 g/m². Tiragem: 500 exemplares. Impressão offset: Bartira. Impressão e acabamento da luva: Inove. São Paulo, agosto de 2021.